아들아

|Harry Kim 지음|

BM 성안당

〈아들아〉는 때로는 위로도 되고, 때로는 격려도 되고, 때로는 찔림도 되고, 때로는 전략도 되어준 글들이었습니다.

내 안에 사랑이 충만하게 자라고, 내가 지혜에 굴복되고, 내가 변함없는 소망을 가질 수 있도록, 내 안에 아름다운 언어들이 자리매김하게끔 해주기도 했습니다. 지혜의 언어가 들릴 때, 내 가슴을 찌르는 언어가 들릴 때, 생생하게 살아서 보여준 아버지의 삶과 모습이 떠오르는 것은 내 인생에 다시없을 선물일 것이고 증거일 것입니다. 언제나 누군가를 기억하고 닮아갈 수 있는 언어들이 세상을 살아가는 모든 자녀들에게 충만하길 바랍니다.

Daniel. K. Kim
저자의 장남, 시카고

아버지가 자녀에게 해주고 싶었던 소중한 말들을 Harry Kim은 사랑의 잠언으로 거침없이 표현했다. 〈아들아〉의 진솔한 충고와 조언들은 이 세상 모든 아버지들에게 하는 말이기도 하다.

아버지의 사랑과 지혜의 구슬들이 꿰어져 보석처럼 빛나는 〈아들아〉의 출간을 진심으로 축하한다.

장재중

필리핀 유니그룹 회장, 소록유니재단 이사장

소설은 이야기를 풀어 쓴 글이라 가볍게 읽을 수 있다. 수필은 생각이 가는대로 쓴 글이라 부담 없이 읽을 수 있다. 시는 생각과 관찰을 칼로 깎 듯 축약해서 쓴 글이라 생각을 모아야 이해할 수 있다. 격언이나 속담은 깊은 생각이나 통찰력, 지혜를 한두 문장에 담아 쓴 짧은 글로, 삶이 성 숙하도록 돕는 지혜의 글이다.

Harry Kim이 펴낸 책 〈아들아〉는 바로 이런 짧고 깊은 생각의 글들을 모은 책이다. 각각의 글 속에 담긴 날카로운 통찰력은 부모와 자녀들 모 두의 삶에 풍성한 지혜를 더해 준다.

부모든 자녀든 인생의 깊은 맛을 추구하고 지혜를 갈급해하는 사람이라 면 누구나 이 책을 일독해 보기를 강력히 추천한다. 지혜가 풍성해지면 우리의 삶도 훨씬 풍성해지고 맛도 깊어질 것이기 때문이다.

Jeffrey Lee

전문금융인, SfK 대표 BAM 코치, 르완다

두 아들을 둔 내게 이 글들은 지난날 해주고 싶었던 말, 지금 하고 싶은 말, 앞으로 해주어야 할 말들이다

이선제

교수, 베트남 호치민

아들과 함께 읽으면서 나 또한 지혜 있는 아들로서의 삶을 살기를 소망하게 만드는 멋진 글이다. '아! 좀 더 일찍 이런 글들을 읽었다면' 하는 아쉬운 마음이 든다.

Jonghyo Thomas Ha
인도네시아

사업과 예술을 넘나들며 거칠 것 없는 투명한 삶을 두루 섭렵하는 가운데 엮어져 나오는, 아들을 향한 아버지의 금언들은 꿰어야 할 보석들입니다.

김용재
의사, 스페인 마드리드

아들이 없어서 볼 때마다 기분 나빴음. 그러나 내가 어릴 때부터 지켜본 경훈이(Daniel)가 참 좋겠다는 생각도 쪼끔 했음.

맹호성
알멩2 이사, 서울

거침없는 사고와 묵상, 인간에 대한 예리한 통찰, 삶의 주요 주제에 대한 분석, 실천 없는 현대인들에게 무한도전이 되는 지침서, 문학적 운율의 문장력으로 영적 카타르시스도 제공하는 은혜로운 시집, 사랑하는 모든 이들과 꼭 함께 나누고 싶은 베스트 추천도서.

Sarah Jean
Forever 21 Sourcing Director, 켈리포니아 패서디나

격대교육이나 유대인 교육처럼, 이 시대를 사는 모든 부모와 자녀들의
교육에 필요한 내용이다.

강유라
부산

어디로 튈지 모르는 이 시대의 진정한 기인인 Harry Kim의 〈아들아〉에
는 상식을 초월하는 기인다운, 그러나 참으로 깊은 지혜가 스며있다.

박성천
교육사업가, 라오스 비엔티안

부모와 자녀들이 세상을 사는 지혜와 교훈을 함께 나누는 경우가 드물
어진 이때에, 〈아들아〉는 현대적이고 감각적인 언어로 부모와 자녀간의
대화에 유익을 줄 것이다.

권종섭
Noah Holdings Limited 대표, 캐나다 워털루

Harry Kim의 글은 사람의 가슴을 쪼개는 그 무엇이 있다. 그의 글을 가
만히 읽다보면, 어김없이 나를 쪼개서 그 무엇을 찾아보도록 하는 유혹
적인 단어들이 넘쳐난다.

이은원
선교사, 남아공 Klerksdorp

아버지에게 꼭 듣고 싶었던 이야기들인 〈아들아〉는 내 아들들에게도 들
려주고 싶은 주옥같은 잠언이다. 이런 소통을 하며 아버지가 〈아들아〉

의 통찰력을 아들에게 물려줄 수 있다면 최고의 유산일 것이다. 〈아들아〉를 삶으로 직접 보여주는 아버지가 되어야겠다.

Stephen Lee
주영전자 부사장, 캘리포니아 LA

마치 잠언을 읽는 듯한 감동과 용기, 희망을 주는 〈아들아〉는 사랑하는 누군가가 내 머리맡에 두고 간 편지를 읽으며 하루를 시작하는 날처럼, 그런 설렘으로 하루를 시작하게 해주었다. 〈아들아〉는 참으로 보석 같은 메시지이다.

홍순규
Mango Radio Philippines 대표, 필리핀 다바오

〈아들아〉는 패기 충만했지만 인생의 방향을 아직 찾지 못한 아들에게 아버지가 줄 수 있는 모든 지혜를 아낌없이 쏟아놓은 책이며, 진정한 성공을 위해 지나간 어제보다 새로운 오늘을 다시 시작하고 붙들 수 있게 하는 아버지의 응원가다.

Katia Yu
브라질 상파울로

'아이들을 사랑하는 만큼이나 내게 지혜가 있으면 좋으련만' 하는 마음만 애태우고 있을 때 〈아들아〉를 접했다. 이 책은 내 안의 작은 나에게 진정한 지혜와 사랑을 일깨워 주며, 나를 넘어 이웃과 공동체, 세계를 보듬게 한다.

최은주
독일 에얼랑엔

〈아들아〉의 그 풍성한 지혜의 언어들은 내게 신선한 충격이었다. 글을 대할 때마다 내 안의 숨은 교만과 욕심, 이기심 등이 적나라하게 드러났다. 〈아들아〉는 내 인생의 교과서요 지침서와 같은 지혜의 글이다.

Julia Yoon
브라질 상파울로

아들과 함께 목욕탕에 가듯, 그렇게 나눈 손끝의 사랑과 대화는 아버지와 아들의 삶의 간극을 채우기에 충분하다. 그것이 지혜 속에서 살며 몸소 겪은 이야기라면 최고일 것이다. 학교나 사회에서 결코 얻을 수 없는, 오직 아버지만이 아들에게 줄 수 있는 삶의 지혜요 필드 매뉴얼이기 때문이다. Harry Kim의 〈아들아〉가 바로 그렇다.

문창선
Feed The Children, Korea 사무총장

부모님의 말씀이
잔소리로 들리기 시작할 때부터
불효가 깊어진다.

잔소리가 분명한 경우라도
사랑과 존경으로 부모의 말씀을 경청하는 것이 참효도이며
'이런 자녀는 결코 실패하지 않는다'

부모가 자녀를 키우는 것은 삶의 최고 가치이자 늘 가슴 설레게 하는 미학입니다. 게다가 자녀들이 부모의 말을 잔소리로 듣기 전에, 또는 잔소리로 받아들이지 않게 하면서 양육의 언어를 제공한다는 것은 최고의 역설적 미학이 아닐 수 없습니다. 이런 역설과 긴장 속에서, 제가 두 아들에게 전해주고 싶은 일상의 지혜들을 모아

놓은 것이 〈아들아〉입니다.

부모의 말을 잔소리로 인식하는 순간 자녀들의 뇌가 정지된다고 합니다. 이렇게 되면 부모와 자녀 사이에 사랑과 존경의 대화가 단절되면서 결국 부모에게는 실망이, 자녀에게는 불효가 깊어지기 시작합니다. 이는 부모나 자녀 모두에게 불행입니다.

이런 불행이 닥치기 전에 두 아들에게 "인생살이를 지혜롭게 풀어가는 말들을 글로 전해야한다."는 생각으로 2014년 1월 중순부터 2015년 7월 19일까지 18개월 동안 250개를 페북에 연재했었고, 그 중 153개를 선정해 책으로 꾸몄습니다.

두 아들이 지겨워하며 잔소리로 받아들이지 않게 하려고 평상시의 말투와 표현들을 가능한 한 짧고 단순하게 고쳐보았습니다. 그러다 보니 글들이 투박하고 촌스럽고, 너무 거칠기까지 합니다. 아마도 지인들의 집요한 간청과 우아한 압력(?)이 없었다면 〈아들아〉가 책으로 태어날 가능성은 전혀 없었을 것입니다.

〈아들아〉는 어릴 때부터 부모와 떨어져 외국에 사는 두 아들을 건실한 세계인으로 세상에 내보내려는 우리 부부의 끝없는 대화의 열매이기도 합니다. 끝없이 반복되고 어떤 때는 난타전 수준이었 던 '역설적 미학'의 대화를 지혜와 인내로 이끌어 준 사랑하는 아내 에게 이 자리를 빌어 고마움을 전하며, 멋진 추천사를 써 준 시카고 의 큰넘과 이 책의 표지를 다자인 해준 맨하탄의 작은넘에게도 사 랑을 보냅니다.

또한 존경하는 필리핀의 장재중 회장님과 르완다의 Jeffrey Lee 대표님, 그리고 캐나다의 권종섭 대표님, 그리고 '아이티의 성자'인 닥터 김용재, 'Feed The Children, Korea'의 문창선 사무총장, 필리핀 다바오의 Mango Radio Philippines 홍순규 대표, 미국 'Forever 21' 의 Sourcing Director인 Sarah Jean, '알멩2'의 맹호성 이사, 미국 주 영전자의 Stephen Lee 부사장 등, 세계 곳곳에서 추천사를 보내주 신 모든 분들에게 진심으로 감사의 말씀을 드립니다.

더불어 이번에도 저의 졸고를 도맡아 기꺼이 출판해 주신 도서출판 성안당의 이종춘 회장님과 최옥현 상무님 그리고 올해 3월에 출간되었던 제 졸저 〈태초에 관계가 있었다〉에 이어 이 책 〈아들아〉를 편집해주신 이병일님께 또한 진심으로 감사드립니다.

"지혜는 본을 보임으로서만 전승된다. 그러므로 부모는 자녀에게 지혜를 전하는 자다." (Proverb)

2015년 11월 1일

Harry Kim

차례

01 / 삶

'비범으로 다져진 평범'으로 인생을 꽃피우는 미학

02 / 지혜

분별이라는 그물로 형통을 건져 올리는 미학

03 / 관계

타인의 고독을 침해하지 않는 미학

04 / 사랑과 결혼

사랑에 항복해 하나 되는 미학

05 / 도전과 용기

모두가 동쪽으로 갈 때 서쪽으로 가는 미학

06 / 돈

도(道)와 독(毒)이 연애하는 미학

07 / 일과 성공

고품격의 평범함을 드러내는 미학

01

삶

'비범으로 다져진 평범'으로
인생을 꽃피우는 미학

표정 뒤에 숨어있는 세월

네 표정에서 발산되는 매력보다
표정 뒤에
숨어있는 세월에
보다 깊은 관심을 가져야 한다.

표정은
네가 누구인지를 보여주고,
표정 뒤의 세월은
너의 주인이
누구인지를 드러내기 때문이다.

2013 11 02
1/010

과거의 가난으로
지금의 가난을 변명하지 마라

가난하게 태어난 게 잘못이 아니라
가난을 받아들이고 있는 게
잘못(mistake)이다.

과거의 가난으로
지금의 가난을 변명하지 마라.

지금 가난하다고 해서
미래의 가난을 막지 못한다면
너는
바르지 못한 것을 붙잡고(take) 있는 것이다.

아들아, 너는
바른 것을
붙잡아라.

우리는 과거의 기억으로 현재를 보고, 현재의 기억으로 미래를 본다. 그러나 지금의 가난을 과거의 가난 탓으로 변명하는 것은 현재를 과거의 시각에 가둬두는 것이다.

이는 불행이다.

이 불행에서 벗어나려면, 과거에 갇혀있는 시각을 버리고 현재를 건강하고 희망적으로 볼 줄 알아야 한다.

❖ ❖ ❖

대부분의 사람들은 궁색한 현재의 삶에 대해 그럴 듯한 변명들을 가지고 있다. － 케이시 트릿

침묵은 위대한 스승이다

아는 체하는 이들이 사라지기 전까지
우리에게 필요한 건 침묵이다.

침묵은
언제나 우리의 위대한 스승이었다.

너로 인해
다른 이들이 침묵하고 있다면,*

그분들이
네 스승인 걸
알아야 한다.

* 바르게 살고 바르게 존재하는 사람에게는 다른 사람들의 말보다 강한 침묵의
  위력이 있다. - 필립스 브룩스

너는 '바른 삶'을 살라고 태어났다

'악해서'라기보다는
'편안해서' 바르지 못한 경우가
더 심각하다.

이는
성찰할 줄 모르는 일상을
누리기 때문이다.

너는
'바른 삶'을 살라고
태어났다.

네 편안함이
너의 '바른 삶'을 방해한다면
편안함을 포기해라.

결단과 속단

삶은 결단의 연속이지만
속단은 금물이다.

속단은
지혜 없는 자의 '자기 확신의 절대화'로,
모두에게 폭력이다.

그러나
지각(知覺)의 결정체인 결단은
모두에게 평강과 유익을 가져다준다.

아들아, 너는
먼저
지각을 배워라.

실력과 경험이 네 겸손을
방해하지 못하도록 해라

경험 없는 실력으로 재주를 부리다 거지되고
실력 없는 경험으로 설치다 사기꾼 된다.

그러나
겸손은
이 둘의 위험에서
널 구해 줄 수 있다.

너는
실력과 경험을 갖추되
이것들이
네 겸손을 방해하지 못하도록 해라.

네 안의 도둑을 제거하라

세상의 도둑을 없애기 전에
먼저
네 안의 도둑을
제거해라.

아들아.

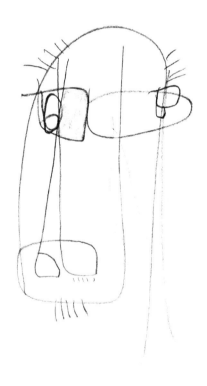

아주 작은 힘이 없어…

초능력에 열광하는 세상이다.

그러나
최악의 상황을 이겨낼 수 있는
아주 작은 힘이 없어
절망하며 죽어가는 현실이다.

아들아, 너는
네 작은 힘이라도
기꺼이
나누도록 해라.

끼니 걱정 없는 전 세계의 모든 사람들이 하루에 100원씩만 기부해도 이 지구상의 모든 절대 빈곤은 사라질 것이며, 하루 수만 명씩 굶주림으로 죽어가는 어린아이들도 살려낼 수 있다. 아들아, 네가 커피 한 잔만 덜 사 마셔도, 아니 100원이라도 더 싼 커피를 마시고 그 남은 돈을 기부해도 인류가 절대 빈곤을 벗어나게 하는데 도움이 된다는 사실을 늘 명심하고 실천해라.

겸손은 '비범으로 다져진 평범'이다

비범한 척하지만
평범치도 못한 이들이
차고 넘치는 이 세상에서,

평범하기 위해
얼마나 비범해야 하는지를
아는 이는 적다.

비범으로 다져진
평범이 겸손이다.

아들아, 너는
늘 겸손하여라.

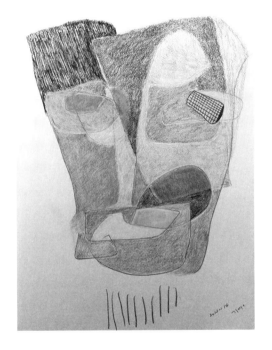

비범한 척 하지만 평범한 사람을 피해야,

평범한 듯하나 비범한 이들을 만날 수 있다.

고통의 숙면

인생에는
죽음보다 깊은 잠이 필요하듯
죽음보다 아픈 고통도 필요하다.

네가 깊은 잠을 원하나
오히려 큰 고통으로 밀려 올 때,

아들아, 너는
이를 숙면(熟眠)으로
받아들여라.

인생의 쓴맛을 두려워 마라

단 것으로 망가진 인생이 쓴 것으로 치유되고
쓴 것으로 정련된 인생은 참맛으로 보상받는다.

산나물이 그렇고
좋은 차(tea)가 그렇듯이
진정한 맛은
쓴맛 뒤에 우러난다.

너는,
인생의 쓴맛을
두려워 마라.

이는
형통의
시작이다.

신중보단 분별력

매사에 신중한 건 좋다.
그러나 신중함이 지나쳐 심각해지면
불청객 심란이가 찾아든다.

심란하다는 건
영혼의 균형을 상실했다는 증거이고
그러면 네게서
지혜의 동반자인 평안이 떠나간다.

아들아, 넌
신중함보다 먼저
분별력을 키워라.

분별력이 부족한 관계 속에선 아름다운 마음들이 상처를 주고받는 경우가 많다. 받아들이긴 힘들지만, 전형적인 관계의 역설이다.

그러나 분별력이 발휘되는 마음은 건강하고 생산적이다. 분별력은 굳이 따지자면 감성의 영역이 아니라 지성의 영역이다.

마음의 균형을 지성적으로 잡아주는 분별력이 유지될 때, 아름다운 마음은 보다 성숙해지고 더욱 풍성한 열매를 맺는다.

분별력 없는 마음은 감정에 치우쳐, 마음의 주인뿐만 아니라 가까운 이들에게도 상처를 준다.

아름다운 마음을 유지하고, 가까이 있는 이들과 더불어 아름다운 결실을 맺기 위해서는 분별력이 필요하다.

분통(憤痛)에서 애통(哀痛)으로

의지가 정화되기 위해 필요한 것은 애통이고
무너지는 의지를 붙잡으려는 발악은 분통이다.

발버둥치며
분통을 터트리면 미련하고

발돋움하며
애통하면 지혜롭다.

아들아, 너는
애통하는 자의
복을 누려라.

분통 터지는 일 때문에 우리의 행복과 기쁨을 빼앗기는 경우가 많다.

상대로부터 분통 터지는 일을 당하여 즉시 분통을 터트리면 미성숙한 사람이고(reactioner), 분을 삭이고 자신의 감정을 상대방에게 이성적으로 말하면 상식적인 사람이다(reasoner).

분을 삭인 후, 상대방의 입장에서 그의 말을 경청하는 이는 성숙한 사람이다(responsioner). 분을 삭이고 상대방의 입장에서 그의 말을 경청하고, 이 사건이 무엇을 교훈하는지, 그 숨은 뜻을 찾는 이는 지혜자이다(reflectioner).

지혜자야 말로 '분통'을 '애통'으로 승화시키는 자로, 하늘로부터 '거룩한 위로'라는 위대한 축복을 누릴 수 있다.

아들아, 네가 누군가로부터 분통 터지는 일을 당하고 있다면, 이 '거룩한 위로'를 누리는 행운을 놓치지 마라.

또 다른 유형의 '아는 체'

침묵은 금이라지만
대개는 또 다른 유형의 '아는 체'이다.

'있는 체'하다 망하듯이
이런 침묵은
네 영혼과
네가 속한 공동체를
파괴한다.

아들아, 너는
어떤 경우에도
'체' 하지 마라.

침묵이 금일 때도 있지만, 전혀 그렇지 못할 때도 있다. 사람들은 침묵을 은근히 영적으로 부풀리거나(spiritualize) 그럴듯하게 꾸며(dramatize) 슬그머니 자신의 어려움을 회피하거나, 침묵을 남용하거나(misuse) 과도하게 사용하여(overuse) 망측한 짓을 하기도 한다.

그리고 아주 저질, 악질인 침묵도 있다. 2014년 4월의 세월호 대참사와 이후에 전개된 일련의 사회적, 국가적 난국에 대한 많은 이들의 침묵은 도피질, 얌체 짓, 창피한 짓이란 생각을 지을 수 없다. '기득권자의 침묵인지', '전략적 침묵인지, 처세적 침묵인지', '무지 탓인지, 성격 탓인지', 아니면 '개인적으로 손해를 안 보려하는 좀팽이 이기주의인지', 그것은 오직 당사자들만 알 일이다.

독서가 독(毒)서가 되지 않도록 해라

네 영혼을 죽이는 책도 있고
너를 교만하게 만드는 책도 있다.

그러나
좋은 책은 너를 겸손하게 하고
명작은 네가 읽은 것에 책임지게 하며,
걸작은 네 지성에서 헛된 것을 제거시킨다.

아들아, 너는
독서가
'독(毒)서'가 되지 않도록 해라.

머저리 같은 일등

다 일등하면
다 꼴찌다.

네가 이등해주면
나머진 모두 다
머저리 같은 일등이 된다.

넌
이렇게 살아라.

소독다사

인생에서 독서는 필수지만
무개념 다독(多讀)은
인생을 교만하게 한다.

너는
지식만 나열된 책들을
다독소사(多讀少思)하지 말고

지성과 지혜의 보고인
책들을 소독다사(少讀多思) 해라.

독서는 무조건 권장되어야만 한다. 그러나 무사다독(無思多讀)은 피해야 한다.

무사다독하는 자들은 자신들의 백과사전식 지식으로 사회의 현실을 날카롭게 비평하지만, 이 현실에 대해 책임지는 데는 전혀 관심이 없다. 그래서 이들은 대개 책으로의 도피를 즐길 뿐으로, 그중에는 짜구난 무사폭독족도 있고 대놓고 자랑하는 얼빠진 독서족도 있다. 이들에겐 책을 통한 관념적 지식화는 가능할지 모르나 실천적인 지성화는 결코 쉽지 않다.

무사다독하는 자들이 지식에 대한 강한 욕구에만 집중한다면, 사람에 대한 깊은 사랑과 관심에 집중하는 소독다사자(少讀多思者)들은 "혼자가 아니라는 사실을 알기 위해 책을 읽는다."(C.S. 루이스)

이것은 소독다사하는 이들의 독서가 이타적 영역에 대한 책임감으로 이어진다는 것을 의미한다. 소독다사자들은 사회의 현상에 대해 선한 책임감을 가지고 기꺼이 헌신한다.

침묵의 깊음을 즐겨라

모든 침묵 속에는
'yes와 no'가,
'약과 독'이,
'사랑과 증오'가
'행복과 불행'이
'삶과 죽음'이
'성공과 실패'가
그리고
'선과 악'이 공존한다.

이 침묵의 깊음 속에서
분별력을 키우는 자와
침묵의 무게에 눌리는 자가
살아가는 방식과 그 결과는 다르다.

너는
침묵의 깊음을 즐겨라.

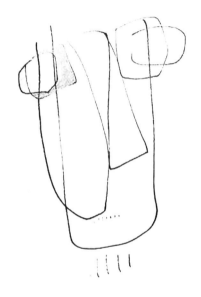

침묵 없이 이루어지는 성공은
신기루일 뿐이다.

성공은 '일 + 놀이 + 침묵'이다.

−알버트 아인슈타인

바늘도둑을 잡아라

바늘도둑은
반드시 잡아야 한다.

그러지 않으면
그가 소도둑 되고
자식을 낳아 일가를 이루면
그 집안이 나라 도둑이 되며
마침내는 전 세계를 도둑질한다.

너는
네 바늘을 도둑맞지 않았다고
안심하지만 말고

어느 경우에도
바늘도둑을
무조건
잡아내야 한다.

최선을 다하기 전에

머리 나쁜 이가
가장 잘할 수 있는 건
머리 나쁜 짓이고
이들이 최선을 다하는 건
재난이다.

악한 자가
가장 잘할 수 있는 건
악한 짓이고
이들이 최선을 다하는 건
말세이다.

아들아, 너는
최선을 다하기 전에
네가 바른지를
먼저 살펴라.

말만 잘하는 이들을 조심해라

이 시대에는
모든 영역에서 대안을 제시할 만큼
학식과 전문성은 넘치나
현장에 뛰어드는
전문가는 드물다.

이는
비겁한 짓이다.

아들아, 너는
말만으로
모든 걸 해결하는 이들을
절대 조심해라.

우리에게는 각 분야의 전문가가 필요하다. 이분들의 풍부한 전문성과 몸에 밴 겸손으로 섬김을 받는 것은 이 시대를 살아가는 우리들에게 크나큰 축복이다.

그러나 전문성과 경험이 미천한 사이비 전문가들이 문제다. 이들의 부족한 전문성은 그들의 전문성에 도움을 받으려는 사람들에게는 상상할 수도 없는 폭력이다.

전문가의 도움이 필요한 시대에 살고 있기에 그들의 도움을 받지 않을 수 없는 것이 우리의 현실이다. 그럴수록 이러저러한 명분과 논리로 포장된 폭력을 행사하는데 거침이 없는 돌팔이 전문가들을 알아 볼 수 있는 안목과 그들의 폭력을 피할 수 있는 지혜가 필요하다.

마음의 소리를 들어라

사기꾼과 이단의 주 고객은
그들의 말을 잘 이해하는 사람이다.

네가 누구의 말을 쉽게 이해했다면
그에게 사기를 당하거나
이단에 넘어가는 것 또한 쉽다.

너는
상대의 논리적인 말이 아닌
그 마음의 소리를 들어라.

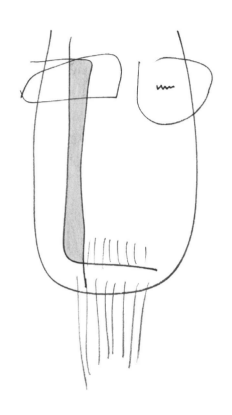

귀는 소리를 듣고,

마음은 그 의미를 듣고 분별한다.

지혜자는 늘 '마음속 깊숙이'

들락거린다(solitude).

자는 척하는 이는 깨울 수 없다

자는 사람은 깨울 수 있어도
자는 척하는 이는 깨울 수 없듯이

모르는 사람은 가르칠 수 있으나
모르는 척하는 이는 가르칠 수 없다.

너는
도무지 '척'하지 마라.

이는
네 인격을 파멸시키고
성숙을 막는다.

너를 향한 갈채는 저격수의 격발음이다

화려한 조명을 받으며
갈채를 받는 순간

어둠 속 저격수는
너를 조준하고 있다.

너를 비추는 조명이 밝을수록
무대의 반대편은 더욱 더 어둡고
관객 속의 저격수는 보이지 않는다.

너는
너를 향한 갈채가
저격수의 격발음임을 잊지 마라.

아들아,
조명이 아닌
존경을 받는 삶을
누려라.

사기꾼처럼 보이는 사기꾼은 없다

멋진 사람을 만나려면
멋져 보이는 이를 조심해야 하고

성숙한 사람을 만나려면
성숙하게 보이는 이를 조심해라.

너는 또
'사기꾼처럼 보이는
사기꾼은 없다.' 는
사실도
명심해라.

'멋져 보이고', 교양 있게 보이고', '영적으로 보이고' 등의 표현들은, 이 시대의 혼돈을 조장하고 있는 사람들의 변하지 않는 특징이다.

이 특징은 우리 모두의 마음속에 숨어있는 미숙한 열망과 다르지 않다. 우리는 참자아를 외면하고 거짓된 자아로 살아가려는 미성숙한 우리 자신과 직면해야 한다. 그래서 이 '멋져 보이고', 교양 있게 보이고', '영적으로 보이고자' 하는 발버둥 속에 눌려 신음하는 참자아를 만나야 한다.

❖   ❖   ❖

자신의 삶과 존재 가치에 만족하지 못하는 그들은, 자신의 삶을 가장하여 다른 사람들에게 감동을 주기 위해 애를 쓴다.

– 파스칼

감사의 상실은 영혼이 길을 잃어버린 것

가난, 부도, 이혼 , 병, 죽음 등에 당면하면
누구나 두려워한다.

하지만
진정으로 두려워해야 할 것은
'감사를 잃어버린 삶'이다.

삶의 어려움은
그 자체가 인생이지만

감사의 상실은
네 영혼이
길을 잃어버린 것이다.

아들아, 너는
늘 감사하며
늘 참길(the Way)을 가라.

감사는 "고마워하는 특성이나 상태, 호의에 보답하려는 의도"이다(옥스퍼드 영어사전). 이를 뜻하는 영어 단어인 'gratitude'는 '호의'를 의미하는 라틴어 'gratia'와 '기쁘게 함'을 의미하는 라틴어 'gratus'에서 유래했다.

감사란 단어는 친절, 관대함, 선물, 주기와 받기의 아름다움, 아무 대가 없이 무엇인가를 얻는 것 등과 연관된 의미를 가지고 있다. 그것은 우리에게 기쁨을 주고 기분을 좋게 만들어주며, 감사를 느낄 때 우리는 다른 사람과 행복을 나누고 싶어 하는 마음이 생긴다.

이런 의미에서 감사는 긍정적인 마음과 이타적인 마음에서 나오는 성숙한 태도이다. 이것은 결국 성공으로 이어진다.

이와 반대로 감사하지 않는 태도는 부정적이며 이기적인 마음에서 나오는 미숙한 태도이다. 이런 태도가 삶을 더욱 어렵게 하는 것은 너무나도 당연하다.

감사함을 느끼는 사람은 기쁨, 열의, 사랑, 행복, 낙천주의 같은 긍정적 감정을 한 차원 높게 경험하며, 동시에 감사를 실천하는 사람은 질투, 반감, 탐욕, 비통함 등의 파괴적인 충동으로부터 보호받는다. – 로버트 이먼스

시간을 허비하지 말라

네 나침판을 훔쳐가는 이들은 용서해도
다수결로 동서남북을 정하자는 이들은
피해야만 하듯이,

네 시계를 훔쳐가는 이들은 용서해도
네 시간을 빼앗아가는 이들은
피해야 한다.

아들아, 너는
어떤 경우에도
시간을 허비하지 마라.

시간 허비는 결국 게으름으로
네 창의력과 도전정신을 고갈시킨다.

인격이 없는 인생은 실패한다

실력이 없어 가난할 순 있으나
가난 때문에
인생을 망치진 않는다.

그러나
인격이 없다면
인생을 망친다.

너는
먼저 인격을 갖추어라.
결코 망하지
않을 것이다.

인격은 영혼을 담는 그릇이다. 인격이 부족하거나 거칠면 그 영혼은 그릇 안에서 균형을 잃어버린다. 이렇게 균형감각을 상실한 영혼은 어떤 상황에서도 제자리를 찾지 못하고 불안하다. 영혼이 불안한 인생의 결말은 결국 좀비의 운명과 같을 뿐이다.

✤　　　✤　　　✤

우리는 12년이나 16년, 혹은 20년의 인생과 거액의 공공기금을 '교육'에 쓰면서도, 인격에 대해서는 단 한 푼도 쓰지 않고 약간의 관심조차 기울이지 않는 것을 정상이라고 생각한다.　- 웬델 베리

전쟁 같은 인생을 파티처럼 즐겨라

인생은 총질이다.

총알이 무서워 숨으면
패배하고
그 속에서도
정조준 사격하면
승리한다.

너는
어떠한 상황에서도
먼저 목표를 정조준해라.

그 다음
전쟁 같은 인생을
파티처럼 즐겨라.

정조준은 부모에게도 필요하다.

아이를 키우느라 정신 못 차리는 부모는, 그렇게 자란 아이가 얼마나 정신없는 인생을 살게 될지 상상조차 하지 못한다.

빗발처럼 쏟아지는 총알을 피하느라 정신 못 차리는 군인은 절대 승리할 수 없으며, 그 총알의 빗발을 뚫고 정조준 사격을 해내는 군인만이 승리할 수 있다.

당신의 아이를 어떤 상황에서도 정조준 사격할 수 있도록 성장시키려면, 당신은 먼저 그리고 바로 지금 무슨 일이 있어도 자녀교육에 정조준해야 한다.

너는 지성적이어야 한다

세상 사람들은 네게 무례할 수 있으나
너는 그들에게 무례해서는 안 된다.

너는 그들을 섬기기 위해
존재하기 때문이다.

세상이 지성을 멸시할지라도
너는 지성적이어야 한다.

아들아, 너는
세상을 변화시키는
대리인이기 때문이다.

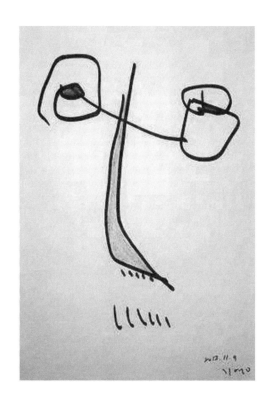

지식은 날카로워 사람을 품지 못하지만,
지성은 넓은 포용력이 있어
주변의 사람을 불러 모은다.

전투와 전쟁

전쟁에서는 숱한 전투가 벌어진다.

이기주의자는
전투에선 이기지만
전쟁에선 지고

섬기는 자는
전투에선 지지만
전쟁에선 이긴다.

인생은
전쟁이다.

너는
섬김으로
이겨내라.

어떤 전쟁에서건 수많은 전투가 벌어지기 마련이고, 그 전투들의 결과가 전쟁의 승패를 결정한다.

전쟁의 승리를 위해 전략적으로 하나의 전투에서 지는 경우는 있을 수 있다. 그러나 하나의 전투에서 이기기 위해 전쟁에서 승리할 기회를 놓치는 우를 범해서는 안된다.

인생은 끝없는 전투로 이어지는 기나긴 전쟁이며, 이 여정에서 승리하기 위해 반드시 필요한 것은 경쟁이 아니라 섬김이다.

수단과 방법을 가리지 않고 이기려 들면 소소한 일상의 전투에선 이길 수도 있겠지만, 인생이라는 기나긴 전쟁에서는 결국 지고야 만다.

전쟁에서 승리하기 위해서는 섬김으로 하나 되는 시너지가 필요하다.

교양과 편리함 그리고 부요함 때문에

'전례 없는 교양과 편리함
그리고 부요함이 넘치지만' *

이것들이 존재하는 이유를
아무도 기억하지 못하고
길을 잃은 세상이다.

너는
교양과 편리함 그리고 부요함 때문에
네 삶의 목적을
잃지 않도록 해라.

* 클리포드 롱리

불편한 진리를 아름답게 다듬어
세련되게 드러내라

불편한 진실보다는
아름다운 거짓을
택하는 세상이다.

그렇다. 사람들은 분명
핏대 세운 진리보다는
세련된 거짓을 선호한다.

그렇다고 네 삶이
아름다운 거짓이어서는 안 된다.

너 어릴 때
엄마가 쓴 약 위에 단 것을 발라주었듯

너는
불편한 진리를
아름답게 다듬어
세련되게 드러내라.

고품격의 평범함

명품 같은 짝퉁도 있고
짝퉁 같은 명품도 있어
헷갈리는 세상이다.

그러나
잘 살펴보라.

진정한 명품은
짝퉁이 모방할 수 없는
고품격의 평범함이 있다.

아들아, 너는
명품의 화려한 겉모습이 아닌
그 속에 숨은
고품격의 평범함을 찾아라.

여러분 자신을 속이지 마십시오.

시대의 최신 유행을 따르는 것으로 지혜로운

사람이 될 수 있다고 생각하지 마십시오.

— Paul

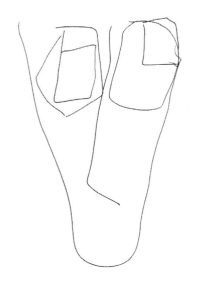

02

지혜

분별이라는 그물로
형통을 건져 올리는 미학

지혜의 말

몸은
마음(心)을 담고

마음은
말(言)을 담고

말은
너(你)를 담는다.

너는
건강한 몸과
청결한 마음으로
지혜의 말을 하도록 해라.

말, 말, 말… 말의 홍수이다. 이 와중에 언변에 능해야 성공할 수 있다는 주장은 전혀 터무니없는 말은 아닌 듯하다. 이럴 때 일수록 '말'에 대한 세심한 주의가 필요하다.

말의 시종(始終)은 마음(心)이다. 그래서 말을 잘하는, 또는 못하는 사람을 만나거든 그 말의 담수지인 그 사람의 마음을 읽는 지혜가 필요하다. 진정한 소통은 '마음과 마음이 만나는'(heart to heart) 단계에서부터 제 얼굴을 내밀고, 그 얼굴을 만나야 말하는 자의 본심과 인격을 확인할 수 있기 때문이다.

살다보면

살다보면
들은 척해야 할 때가 있고
못 들은 척해야 할 때도 있다.

그러나
들고도 '안 들은 것으로 하겠다.'고
당당히 말하는 것이
훨씬 더 지혜로울 때가 많다.

아들아,
들리는 모든 것에
다 응답해야 할 필요는 없다.

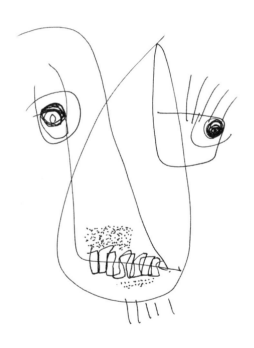

2014.08.24
기억

지혜는 신의 선물이다

일자무식이를 비웃는
이자유식이는
삼자박식이에게 열등감을 느끼지만

일자무식이를 존중하는
이자유식이는
삼자박식이에게 지혜를 배운다.

지혜는
이웃을 존중하는 자에게 주어지는
신의 선물이다.*

너는 이웃을 존중하고
지혜를 구해라.

* Proverb

세상을 본받아 살아온 무지

재정, 가정, 관계, 미래 등의 문제로
어려움을 겪는 이들에게
진정으로 필요한 것은
돈이 아니라 지혜다.

지혜가 없는 이들은
스스로 자초한 이런 문제들을
돈으로만 해결하려 든다.

이 무지는
세상을 본받아 살아온 결과이다.

아들아, 너는
이 세상을 본받지 말고
지혜를 체득해라.

세월은 성숙을 선물한다

세월은 지혜를 주고
네 나이를 가져간다.

이 세월을
소중히 여기면
세월은 또한
네게 성숙을 선물한다.

성숙은
세월을 소중하게 살아온 향기이고,

이 향기는
네 주변에 '피차 복종하는' 선한 지혜자들을
불러 모은다.

아들아, 너는
세월을
소중히 여겨라.

"거룩은 따뜻한 난로와 같아서 주변의 추위에 떠는 자들을 불러 모은다."는 말이 있듯이, "지혜는 위대한 해결사가 되어 온갖 어려운 문제를 물러가게 한다."는 말도 있을 법하다.

지혜는 겉으로 그 능력을 확인하기 쉽지 않으나, 세월은 결국 지혜가 능력보다 더 소중하다는 사실을 증명한다.

감사는 승리하는 지혜다

매사에 불만인 사람은
어리석고 비열한 것에 집중하게 되어
패배하기 마련이다.

그러나 늘 감사하는 이는
최고의 가능성에 집중하게 되어
최악의 환경 속에서도
최고가 될 수 있다.

아들아, 너는
범사에 감사해라.*

이것이
승리하는 지혜다.

* 감사하는 마음은 당신이 원하는 것을 갖게 해준다. - 윌리스 D. 위틀스

젊어서부터 지혜를 사모해라

보고 싶은 사람이 많아지면
나이가 드는 것이고
아는 게 많아지면
교만해지고
할 말이 많아지면
주책이고
경험이 많아지면
고집만 쎄진다.

이는 모두
지혜 없이 늙을 때
생기는 현상이다.

아들아, 너는
젊어서부터
지혜를 사모해라.

지혜로 형통의 그물을 짜라

스스로 죽음의 올가미를 짜는 이가 있고
형통의 그물을 짜는 이가 있다.

별다른 아이디어 없이
대충대충 사는 이는
스스로 쳐놓은 올가미에 걸려 망해가고

언제나
새로운 영혼과 새로운 마음,
새로운 눈과 새로운 아이디어로
위대함을 소망하는 이는
날로 형통한다.

너는
지혜로
형통의 그물을 짜라.

고만고만한 아이디어로 사업을 하는 사람은, 고만고만하게 사는 다른 이들과의 목숨을 건 치열한 경쟁 속에서 대부분의 사람들처럼 고만고만하게 사그라져 간다.

이것은 깊은 곳을 모르거나, 그곳이 두려워 감히 그물을 내리지 못하는 사람들의 전형적인 모습이다.

또한 이는 곧 사라질 운명인 기존의 안정적인 직업(traditional job)을 얻기 위해 날밤을 새워가며 공부하면서, 자신에게 내재된 모든 창조력과 가능성을 스스로 파괴하는 젊은이들의 결말이기도 하다.

지혜로운 이는 강자가 아니다

지혜로운 이는 강자가 아니다.

평범한 삶을 즐기는
그의 일상은
물처럼 자연스럽게 흐를 뿐인데,

그게 성품이 되어*
모든 이들이
그 뒤를 따르게 된다.

아들아, 너는
지혜를 익혀라.

* 성품이란 아름다운 음악이 흘러나오는 벨, 실수로라도 손만 대면 아름다운 음
  악이 울리는 벨과 같다. - 필립스 브룩스

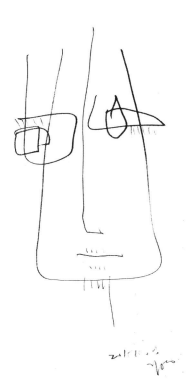

지혜는 특권이다

지혜는 이 땅에서
'인간에게 완벽한 기회가 허용되지 않는
축복'을 누리게 하고

이해할 수 없이 보류되는
기쁨을 누리게 한다.

이 축복과 기쁨을 향유하는 것이
형통이자
지혜자의
특권이다.

아들아,
너는 평생
이런 지혜를 구해라.

분별력은 매우 중요하다. 그러나 분별력의 날카로움은 잔인하여, 그 두려움을 벗어나지 못하기 십상이다. 때문에 날카로운 분별력은 현실에서 거의 거부당한다.

매우 숙성되어 부드럽기 그지없어, 그 분별력의 날카로움을 전혀 못 느끼는 정도가 되어야 지혜이다. 감성의 무경계성과 분별의 날카로움이 만나 오랜 시간 함께 한 화학반응의 결과물이 지혜이다.

지혜는 어떤 상황 속에서도 너와 나, 그리고 우리를 하나로 묶는 포용력과, 그 어떤 난관에도 대처할 수 있는 유연함, 그리고 인생의 희로애락을 아름다운 꽃의 향기와 천상의 교향곡으로 승화시키는 거룩한 능력을 지니고 있다.

이런 이유로 사람들은 지혜를 사모하며 그 가까이에 머물기를 소망한다.

우리 자신과 우리네 일상의 모든 영역에서 감성의 무경계성과 분별의 예리함이 절묘하게 균형을 이루는 지혜가 필요하다.

인생의 짐을 가지고 노는 지혜자

인생엔 짐이 있고
세상은 이 짐을 잘 지는
이들을 능력자라 한다.

그러나
너는 이 유혹에 넘어가지 마라.

아들아,
네 짐을 가지고 노는
지혜자가 되어라.

지혜자는 인생의 짐을 잘 데리고 놀기에, 그 짐이 그의 인생을 넘어뜨리지 못한다.

병(病)은 인생의 무거운 짐들 중 하나이다. 사람들은 병에 대하여 다음과 같이 몇 단계로 반응한다.

첫째, 병을 두려워하는 단계인데, 그래서는 안 된다. 진짜 병은 病을 두려워하는 病이다.

둘째, 병(病)에 짓눌리는 단계이다. 불치병 혹은 암과 같은 중병일수록 어지간한 의지력이 없으면 그 병에 짓눌리기 십상인데, 이렇게 되면 병을 이기기 힘들다. 어쨌든 이 짓눌림을 스스로 극복하는 것이 회복의 관건이다.

셋째, 병(病)과 투쟁하는 단계이다. 병과 투쟁하는 것은 너무나 많은 에너지와 시간이 투입된다. 이리되면 삶의 여유와 삶의 질은 완벽하게 상실되고 생물학적 생명을 위한 모진 집착만이 삶의 mode가 될 뿐이며, 사회학적 죽음을 벗어나기 힘들다.

넷째, 病을 데리고 노는 단계이다. 병이 비록 불청객일지라도 나를 찾아온 객은 분명하니, 너무 박대하면 병은 시쳇말로 제대로 해코지를 해댈 것이다. 이런 고약한 벗(?)과도 친하게 지내는 것이 지혜다. 승(勝, a victory) 보다 친(親, a chum)이 더 위대하다. 인생의 위기와 한계를 가지고 노는 이가 지혜자요 승리자이다. 운동선수가 운동기구를 제대로 잘 가지고 놀듯이, 우리는 인생의 고통과 죽음도 제대로 가지고 놀 줄 알아야 한다.

지혜의 겸손

무지를 감추려는 겸손이 있고
교만을 숨기려는 겸손이 있다.

그러나
지혜의 겸손도 있다.

지혜는 옹달샘과 같고
겸손은 나무그늘과 같아서

많은 이들이 몰려와
늘 풍요롭다.

아들아, 너는
지혜로 겸손해라.

사(生)는 것이 사(死)는 것이기도 한 인생

산소(oxygen) 덕에 살지만
산화(oxidation) 때문에 죽는 것이 인생이듯

나이가 들어야(age) 철이 들지만
그(노화, aging) 때문에 죽는 것 또한 인생이다.

아들아, 너는
사(生)는 것이 사(死)는 것이기도 한 인생을
참 지혜로
살아내라.

아이디어, 지혜, 명철

우리는 대안(代案)을 모색하는 존재이고

신은
이 세상을 본받지 않기 위해
새로운 길을 찾는 이들에게
아이디어와 지혜(리더십)와 명철(방법)을 주신다.

하니 너는
낡은 세상에
단호히 반격해라.

아이디어의 근원은 차디찬 지성이 아니라,
따듯한 마음이다.

이겨도 지고, 져도 진다

이겨야 산다지만
이길수록 패망인 것이
인생의 내막이다.

이겨도 지고
져도 진다.

지혜자는
이기지도 지지도 않으며
더불어 먹고
더불어 산다.

너는
이런 지혜자가 되어라.

싸워서 승리를 얻기는 쉽지만, 그 성과를 계속 지키기는 어렵다. 따라서 천하의 강국 중에서 다섯 번이나 승리를 거둔 자는 파멸하고, 네 번의 승리를 거둔 자는 피폐한다. 세 번의 승리를 거둔 자는 패자(覇者)가 되며, 두 번의 승리를 거둔 자는 왕이 된다. 그러나 오직 단 한 번의 승리로 사태를 수습한 자만이 황제가 될 수 있다. － 오자

능력보다는 성숙을 택해라

가고 싶은 곳을
마음껏 갈 수 있는 것이 능력이라면

"가고 싶지 않은 곳으로
기꺼이 이끌려 갈 수 있는
능력은 성숙이다."*

성숙은
이웃과 동행할 수 있는
사랑이다.

아들아, 너는
능력보다는
성숙을 택해라.

* 헨리 나우웬

성공을 위해서는 실력을 쌓고 경쟁력을 확보해야 되는 줄 알지만, 성공에서 실력이 차지하는 비율은 15% 정도밖에 안 된다고 한다. 성공을 이루게 하는 요인의 85%는 성숙한 관계이다. 성공적인 삶을 사는 사람들에게는 반드시 친밀한 관계의 협력자가 있다는 사실이 이를 잘 증명해 준다.

우리가 살아가면서 이루어내고 성취하는 모든 것들은 성숙한 인간관계의 결과이고, 이런 성숙한 관계를 맺을 수 있다면 그는 성숙한 사람이다.

❖　　　❖　　　❖

성숙은 고립된 상태가 아니라 언제나 관계적이다. 혼자서 최선을 다한다고 성숙해지지는 않는다. 최선의 인간관계를 이룰 때 우리는 비로소 성숙해진다. ─ 유진 피터슨

깊숙한 비밀과 약점

비난에 대해 당당할 만큼
죄에서 자유로운 이는 없다.

그러나
성숙한 사람은
자신의 가장 깊숙한 비밀과 약점을 알고 있기에
어떤 비판에도 의연히 대처할 수 있다.

아들아, 너는
성숙한 사람이
되어라.

비판이나 모욕을 당해 즉각 반격하는 이들이 있는데, 이들은 대개 상대방을 말로 공격하거나 그의 존재 자체를 아예 무시한다.

그러나 이는 교만한 이들이 하는 짓이며, 진실로 심령이 가난한 사람은 어떠한 비판을 받아도 남을 공격하지 않는다.

자신의 가장 깊숙한 비밀과 약점을 알고 있는 사람은 어떤 비판에도 의연히 대처할 수 있다. – 엔스 바이트너

절제와 겸손으로

남들에게 잘 보이려고
겉을 호화롭게 꾸미는 이들이 있다.

이들은 곧 가난해지고
이 가난은
죄일 뿐이다.

너는
평생 절제와 겸손으로
남을 배려하며
폭넓은 교양과 깊은 성숙에 이르도록 해라.

그러면
영혼이 건강하고
성숙한 이들이
네 주위로
몰려들 것이다.

소득을 늘리는 방법만으로는 소비욕구를 감당할 수 없다. 소득의 증가는 한계가 있지만 소비욕구는 끝이 없기 때문이다. 소비욕구를 억제하는 유일한 방법은 무조건 소비를 줄이는 것이다. 이를 위해서는 절약에 대해 스스로 가치를 부여하는 게 중요하다.

호화로운 장식을 하는 것은 결국 다 남들에게 잘 보이려는 짓입니다. 그처럼 겉치레를 중시하는 사람은 현재 가난하지 않더라도 앞으로 가난해질 사람들입니다.

– 요셉 케네디 (존 F. 케네디 대통령의 아버지)

침묵은 '지혜가 너를 이기는 소리'다

'아는 체'에는 사기성이
'모르는 척'에는 시치미가
침묵에는 지혜가 필요하다.

침묵은
믿음이 너를 이기는 소리이고
지혜는
침묵이 너와 춤추는 것이다.

아들아, 너는
그 소리와 더불어
춤추는 삶을
살아라.

2012.11.3.
San Paulo
7/0910

고통은 믿음의 시작이다

인생은
고통이라는 침대 위에서
편안한 잠을 추구하고

믿음은
고통을 딛고 일어서
독수리처럼 나는 것이다.

"고통은 믿음의 시작이자
귀먹은 세계를 깨우기 위한
신의 메가폰과 같다." *

아들아, 너는
고통으로 널 깨우는
신께 감사해라.

* C.S. 루이스

슬픔이 믿음에 끼어들지 못하게 해라

타인의 슬픔엔 깊이 슬퍼하되
너의 슬픔엔 슬퍼하지 마라.

너의 슬픔에서
지성적으로는 교훈을 얻고
영적으로는 감사해라.

너는
네 슬픔이
네 믿음에 끼어들지 못하게 하라.

믿음이 너를 이기지 못한다면
너는 세상을 이길 수 없다.

03

관계

타인의 고독을 침해하지 않는 미학

친구 잃고 돈 잃는 짓은 하지 마라

말싸움에 져주는 용기는 지혜다.

말싸움을 이긴 대신
친구 잃고
돈 잃는 짓은 하지 마라.

이 둘을
다 잃는 것은
네 인생 전부를
잃어버리는 것이다.

"유순한 대답은 분노를 쉬게 하여도
과격한 말은 노를 격동케 한다."*

아들아, 너는
이 귀한 말씀을
늘 네 가슴에
새겨라

* Proverb

타인을 대상으로 말을 많이 하는 사람들은 무조건말 수를 줄여야 말빨이 더 선다는, 즉 상대방의 귀가 아닌 삶에 영향력을 준다는 과학적인 연구결과들이 발표되고 있다. 상대방이 언제든지 내 말을 잘 듣는다고 생각하여 이런 말 저런 말을 멋지게 하는 사람들은 이미 상대의 마음을 붙잡는데 실패한 것이 분명하다.

1억 번의 귀를 여는 중에 마음은 한 번도 열지 않는 이들이 적지 않다. 사람들은 귀로 들어 입으로 행하는 능력이 탁월하여, 마음으로 들어 삶으로 행하는 방법을 잊은 지 이미 오래기 때문이다.

말을 전하는 자의 진실한 삶만이 상대의 마음을 여는 유일한 열쇠이다. 말하는 자들은 어떻게 상대를 잘 설득시키고 감동을 줄 것인가에 에너지를 집중하기 보다는 진실한 삶으로 말하려고 노력해야 한다.

타협을 체질화해라

소신이든 확신이든
타협이 되지 않으면
똥고집일 뿐이다.

모든 일은
타협이 될 때
시너지로 완성된다.

아들아, 너는
타협을 체질화하여
시너지 전문가가 되라.

2014 1112 5년
7월

의사전달이 완벽하게 이루어졌다는 착각

소통에 있어서 가장 심각한 문제는
의사전달이 완벽하게 이루어졌다는 착각이다.

너는 상대방이
너를 이해하고 있을 거라
착각하지 마라.

그 대부분이
오해다.

오해는 제 착각이고
이해는 축복이다.

너는
착각하지 말고
축복을 구해라.

무지(無知)와 무지(無智)

못 배운 무지(無知)는
제 앞길을 막고

지혜의 무지(無智)는
타인의 인생을 막는다.

너는
늘 배우며
항상 지혜를 구해라.

이만큼
이웃을 사랑하는
섬김도 없다.

이기지도 지지도 마라

이길수록 지게 되고
질수록 주도권을 잃는 세상이다.

이기든 지든
결국 망하게 된다는 거다.

이기지도 지지도 않으면서도
늘 바른 사람들과 함께 있다면
큰 성공이다.

너는
서로 사랑하고 섬기는 자들에게 주어지는
축복과 형통을 누려라.

참 성공은 너그러운 마음으로
남을 끝없이 품어 준

열매이다.

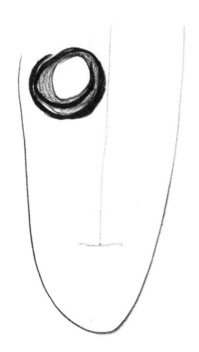

역동적인 관계

우리는 함께 모여
서로 의지하며 살아가도록 태어났다.

힘들고 어려울 때
도움을 주고받을 수 있는 사람들과
역동적인 관계를 맺으며 사는 것이
당연한 지혜다.

아들아, 너는
실제로 도움이 필요하기 전에
이런 관계를
미리 쌓아두어야 한다.

* 마 20:28

사업을 하려면 자본(capital)이 필요하다. 자본이 많을수록 사업적 어려움을 더 잘 이겨낼 수 있다. 성공하는 사업가는 늘 자본을 넉넉히 확보하는 일에 힘을 기울인다.

관계가 건강하려면 관계 자본(relational capital)이 필요하다. 관계 자본이 많이 쌓이면 그 관계는 매우 돈독하고, 무너지지 않는다.

상호 신뢰가 높으면 관계 자본이 더욱 쌓이고, 신뢰가 줄어들면 그 만큼 잔액이 줄어든다. 신뢰는 건강한 소통으로 확인되며, 소통이 막히면 신뢰 대신 의심과 불신이 쌓이고 관계 자본이 줄어든다. 결국 관계는 늘 파괴와 단절의 위험성에 노출되는 것이다.

건강한 소통이 계속될수록 관계 자본이 늘어나게 된다. 상대가 큰 실수나 잘못, 설령 치명적인 잘못을 한 경우라도 이 관계 자본이 많으면 관계가 파괴되지는 않으며, 단지 관계 자본이 줄어들 뿐이다. 파괴되지 않은 관계는 이후의 건강한 소통으로 회복될 수 있다.

성숙한 이들은 건강한 소통을 매우 소중하게 생각하며, 언제나 이 관계 자본을 쌓는 일에 투자하고 노력한다. 또한 이들은 단지 돈을 위해 관계를 언제든 파괴하는 짓 따위는 절대로 하지 않는다.

도무지 핑계 대지 마라

궁색의 주범은 핑계고
이에 능한 이들치고
신뢰할 만한 자들은 없다.

이들은 과거의 일들을 핑계로
현재를 발전시키지 못한다.*

아들아, 너는
결코 핑계를 대지 마라.

* 대부분의 사람들은 궁색한 현재의 삶에 대해 그럴듯한 변명들을 가지고 있다.
　- 케이시 트릿

먼저 박수를 쳐라

먼저 박수를 치는 사람들은
리더십이 있다.

이들의 박수는
사람들의 시선과 관심을 끌어당기는 매력과
인간관계와 조직의 막힌 실타래를 풀어내는
마력이 있다.

아들아, 너는
늘 먼저
그리고 기꺼이 박수를 쳐라.

주변 사람들을 정중히 배려해라

열심히 일한 네가
농땡이꾼에게 "당신 때문에 일을 망쳤다."고 말하면
네가 일을 망친 것이고

열심히 일한 네가
농땡이꾼에게 "정말 수고하셨고 당신 때문에 일을 잘 마쳤
다."고 말하면
비로소 일을 잘 끝낸 것이다.

주변 사람들과 함께 즐거워하며
일을 끝내기까지는
네 일은 끝난 것이 아니다.

아들아,
사람이 일보다 중요하다.
늘 소중히
이웃을 섬겨라.

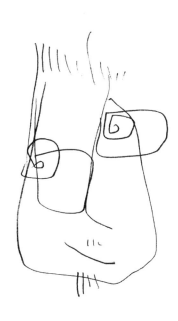

2017 11 08
기영미

최고의 섬김

성숙한 이는
타인의 정체성을 방해하지 않고

지혜자는
타인의 고독(solitude)을 침해하지 않는다.

때문에
네가 성숙하고 지혜 있는
존재가 되는 것이

타인과 공동체에 대한
최고의 섬김이다.

인생은 서로 기대어(人) 살아가는(生) 사람 짓(삶)이다. 그러나 오늘날 우리는 개인주의라는 늪에 빠져 죽어가고 있다.

개인주의란 자기가 쌓은 담(口)에 스스로 갇혀 죽는(古), 사람의 잇댐을 파괴하는 개(個) 같은 주의이고, 삶을 苦하게 만드는 악질 바이러스이며, 이러한 삶에 허덕이는 苦生은 결국 인생을 거꾸로 사는 악(evil)일 뿐이다.

이 살벌한 개인주의는 고(苦)하고 독(毒)한 바이러스로 서로를 전염시켜, 모두를 죽음으로 몰고 간다. 우리는 고독(苦毒)해선 안 된다.

그러므로 우리는 공동체로 살아야 하며, 고독(孤獨, solitude)한 이들의 아름다운 심장 소리에 함께 귀 기울여야 한다. 우리는 또한 서로에게 고독(solitude)한 동지이어야 한다. 사람에, 또 삶에 경청하는 우리여야 한다.

내 고독이 다른 고독을 만나 서로를 경청하다 그 고독을 평생의 친구로 삼게 된다면 더할 나위 없는 행운일 것이다.

금맥이냐, 인맥이냐

금맥(金脈)이 더 중요한가?
인맥(人脈)이 더 중요한가?

분명
금맥보다
인맥이 더 소중하다.

너는
금맥 때문에
인맥을 잃어버리지 마라.

그러면
넌 쑥맥이다.

실패했지만

누구에게라도 찾아가

도움을 구할 수 있는 이는

성공했지만

그 누구에게도 축하를 받지 못하는 이보다

진정으로 행복한 사람이다.

못하는 건 못해야 행복하다

누구나 잘하는 게 있고
못하는 게 있다.

둘 다 잘하는 이들도 있지만
대개 그의 주변에는 사람이 없다.

못하는 건 못해야
주변 사람들과 함께 해가며
서로 행복한 것이다.

아들아, 너는
네 이웃과 더불어
행복하게 살아라.

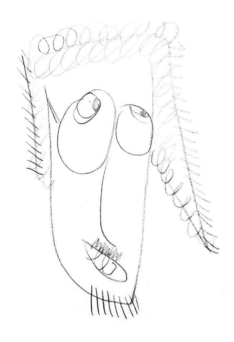

Wheaton
2013.1.3
7/0/0

먼저 네 마음을 성찰해라

네 말을 못 알아듣는
이들을 탓하지 마라.

네가
그들의 말을 못 알아들어
생기는 문제가
더 크다.

너는
늘 네 마음을 성찰하여
네 마음의 소리를 들어라.

그러면 너는
남의 말을
정확히
알아들을 수 있다.

성찰은
자신의 욕망과 야욕에 눌려 있는
참 자아에 경청하는 것이다.

그건 독(毒)이다

남보다 빠른 두뇌와 탁월한 직감력을
소유한 이들은 대단하다.

그러나 그들 스스로
자신의 두뇌와 직감력에서 나온 판단에
영적인 의미를 부여하려 들면
그건 독(毒)이다.

너는
서둘러
이들을 피해라.

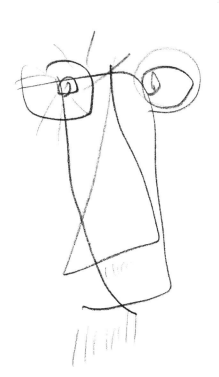

일상과 평범을 무시하는
지성과 영성은 독이다.

독불장군을 만나면 피해라

주변에 사람이 없는 이에게는
다 그럴 만한 이유가 있다.

너는
자기만 다 안다고 설치는
독불장군을 만나면

무조건
피해라.

* 잠언 15:1

뭘 모르고 설치는 사람은 잘 품어주어라. 뭘 아는 척 설치는 사람은 제대로 알도록 잘 섬겨라.

그러나 자기만이 다 안다고 설치는 사람은 서둘러 피해라. 주변에 사람이 없는 이는 다 그럴만한 이유가 있다.

가난한 자들과 '함께 떡을 떼는' 부요함

졸부는
최고 비싼 음식을 먹고

부자는
먹고 싶은 음식을 먹지만

착한 부자는
가난한 자들에게 먹을 것을 나누어 주고

지혜로운 부자는
가난한 자들과 함께 먹는다.

너는,
가난한 이들과
'함께 떡을 떼는'
부요함을 누려라.

선한 삶은 말없이 악을 드러낸다

선한 평판을 얻지 못한 자의 비판은
비판을 받아 마땅한 악한 자에게
피할 길을 준다.

너는
선한 평판을 받으려 애쓰지 말고,*
늘 선한 삶을 살려고 노력해라.

선한 삶은
무엇이 악한 삶인지를
말없이 드러낸다.

* '평판'은 이웃 사람들이 생각하는 너의 모습이고, '인격'은 가족이 아는 너의 모
  습이며 '네 영혼의 상태'를 말해 준다. -피터 로드

에티켓을 생존의 수단으로 악용하지 마라

악수(握手, Shaking Hands)로
묘수(妙手)를 찾는 이가 있고
악수(惡手)를 두는 이가 있다.

그러나
악수(握手)는 심수(心手)이며
따뜻한 마음으로 상대를 존중하는 것이다.

아들아, 너는
에티켓을 생존의 수단으로
악용하지 마라.

악수는 관계 형성의 첫걸음이자, 그 관계가 얼마나 돈독한지를 나타내는 바로미터이다. 악수를 기쁘고 감격적으로 나누면 서로의 마음의 열린다. 그러나 악수를 하면서 딴 짓을 하거나, 혹은 우월한 태도로 상대를 깔보거나 마치 어쩔 수 없어 하는 것처럼 악수를 한다면, 그 이후는 무엇을 하든 걱정이 된다. 만물의 영장인 사람은 악수를 나눔과 동시에 상대의 마음을 읽는 능력이 탁월하기 때문이다.

그러므로 악수 이전에 타인에 대한 따뜻하고 진실한 마음을 가지는 것이 중요하다. 이런 마음에서 시작된 관계는 건강하고 성숙한 관계로 이어지는 것이 당연하지만, 타산과 전략으로 시작되는 관계는 예외 없이 파괴적 관계로 이어진다.

이 세상 모든 이들을 따뜻한 마음으로 이어주는 건강하고 성숙한 관계만큼 이 세상을 아름답게 하는 것 또한 없을 것이다. － Harry Kim, 〈태초에 관계가 있었다〉

참부자

네 주위에 가난한 자들이 몰려든다면
넌 지혜자이고*

그 가난한 자들이
너로 인해 부자가 되었다면
넌 참부자다.

그리고
네 주위에 몰려 든 이들이
너로 인해
평안을 누린다면

아들아, 너는
인생의 승리자이다.

* 직업이 무엇이든 당신이 남들의 삶에 도움을 줄 수 있고 그 사실을 다른 사람들
이 안다면 당신 주위로 사람들이 몰려들 것이며, 그로 인해 당신은 부자가 될 것
이다. 이는 생명의 근원에 가까이 다가가는 일이 된다.   -윌리스 D. 위틀스

매사에 자연스러운 사람을 신뢰해라

자신을 옹호하는 데
극단적이거나 비상식적인
이들을 조심해라.

이들은
관계의 폭력배다.

그 옹호가 빈틈없이 논리적이고
너무 세련된 이들이라면
무조건 경계해라.

이들은
이단급의 사기꾼으로
네 영혼을
죽일 것이다.

너는
매사에 자연스러운 사람을 신뢰해라.

소통과 불통

불통의 시대에
소통은 관계의 숨통을 터준다.

그러나 소통은
쌍방적 대화만이 아니다.

진정한 소통은
대화를 주도하지 않는 것이다.

너는
대화를 주도하지 않으면서도
의사전달이 완벽하게 이루어지는
대화를 이끌어라.

소통에 있어서 가장 중대한 문제점은 의사전달이 완벽하게 이루어졌다고 착각하는 것이다.   −제시 기글리오

섬기는 자에게 주어지는 창의력

경쟁하는 이는
반복되는 어려움을 견뎌내야 하지만

섬기는 자는
어려움을 지혜롭게 해결할 수 있다.

신이 창의력을 주기 때문이다.

아들아, 너는
창의력으로 섬겨라.

남들이 경쟁하며 힘겨워할 때

너는
끝없는 전성기를
누릴 것이다.

인생 전반에 걸쳐, 또한 사회의 모든 분야에서 창의력이 절실한 시대이다. 그만큼 인간의 창의력이 고갈되었다는 이야기다.

늘 그랬듯이 위대한 창의력은 머리가 아닌 마음에서 나온다. 그렇다면 이젠 차가운 두뇌 시스템이 만들어내는 기호와 신호가 아닌, 따뜻하고 부드러운 마음들 간의 만남을 보다 소중히 여겨야 한다.

경쟁적 사고로 부를 얻으면 타인에게 부정적인 영향을 주지만, 창의적 사고로 부를 얻으면 타인에게 유익을 줄 수 있다. 경쟁적인 사고 속에 사는 사람들에게는 어려운 문제라도 창의적 사고를 하는 사람은 충분히 극복할 수 있다.

부모를 쪽팔리게 하지 마라

지금의 네 행동은
네가 어떻게 자랐는지를 드러낸다.

쉽게 사고 당하는 아이들은
대개 그 부모가 지나치게 응석을 받아주었거나
훈계를 적게 한 거다.

아들아, 너는
쉽게 사고를 당해서
부모를 쪽팔리게 하지 마라.

많은 부모들이 사회를 못 믿겠다면서 아이들의 미래를 걱정한다. 실제로 사회는 '부모가 자녀를 얼마나 망가트렸는지'를 확인시켜 주는 곳이다.

세상은 늘 악했으며, 앞으로도 악할 것이다. 이 세상은 우리의 아이들을 절대 섬기지 않으며, 오히려 아이들을 이용하고 희생시켜 자신들의 유익을 챙기는 곳이다.

이런 세상에 아이들을 내보내려면, 사회를 탓하기 전에 먼저 이 세상을 당차게 이겨나가도록 자녀를 전략적으로 키워 내야 한다.

우리는 사회에 대해서는 날카로운 경계의 눈빛을 보내면서도 정작 자신의 가정에 대해서는 완전한 무장해제의 상태에 있다. 이런 부모의 슬하에서 아이들은 사회성과 창의력, 시너지 창출 능력과 사회 경쟁력이 모두 망가져 버린다. 이제 그들은 회복불능의 패잔병이 되어, '나를 이렇게 사용해 주세요.'라는 '자기 사용설명서'에 불과한 스펙만을 들고 사회에 진출하는 것이다.

이렇게 대부분의 자녀들은 사회 시스템을 장악한 악의 발톱에 긁히고 찢겨가며 상처투성이로 살아가게 된다. 부모들이 세상을 본받아 그리 키웠기 때문이다. 그러니 이제라도 모든 부모들은 당신의 품에서 무방비로 파괴되는 당신의 자녀들을 구해 내는 길을 서둘러 찾아내야 한다.

부모가 잘 늙어갈 수 있도록 도와드려라

자식을 잘 성장 시키느라
모든 부모는 기꺼이 늙는다.

그렇다고
성장한 자식에게
젊음을 되돌려 달라는 부모는 없을 것이다.

너는
부모를 공경해야 한다.

부모 공경이란
부모가 잘 늙어갈 수 있도록
정중히 도와 드리는 것이다.

2015 0629 기어0

50년 전의 어머니

부모 공경은 사랑의 시작이자 완성이다

부모 공경은
자기 외의 존재에 대한
사랑의 시작이자 완성이다.

효자는
이웃에게 칭찬 받는다.
어려서부터 몸에 밴 사랑 때문이다.

이로 인해
효자는 장수하며
복을 누린다.

아들아, 너는
네 부모를 공경하라.

부(단지 재물만이 아닌)는 부모에게서 자녀로, 그리고 이웃과 국가와 세계로 퍼져나간다. 사랑(아가페)의 선로(rail)가 관계이듯 부의 선로 또한 관계이다. 이 관계를 선하게 형성할 줄 알아야 관계를 통해 오는 부를 소유할 수 있고, 또 유통할 수도 있다.

그 시작이 바로 부모를 공경하는 것이고, 이를 통해 우리는 '다른 이들을 욕망의 수단으로만 바라보지' 않는 성숙하고도 건강한 관계를 형성하는 지혜를 소유하게 되는 것이다.

❖　　❖　　❖

인생의 행복과 성공, 더 나아가 인생의 궁극적인 목표인 소명을 이루는 그 출발역이자 종착역이 바로 "높은 수준의 관계"이다. 신성한 사랑인 아가페, 그 추상적인 사랑을 일상에서의 '섬김과 나눔'으로 구체화할 수 있는 관계를 말한다. 이 관계는 부모님을 공경함에서 시작되며, 부모를 공경하는 것은 매우 건강하고 성숙한 삶의 주춧돌이 되는 것이다.

부모님의 말씀이 잔소리로 들리기 시작할 때

부모님의 말씀이
잔소리로 들리기 시작할 때부터
불효가 깊어진다.

잔소리가 분명한 경우라도
사랑과 존경으로
부모의 말씀을 경청하는 것이 참효도이며
이런 자녀는 결코 실패하지 않는다

아들아, 너는
이를 명심해라.

자신의 권위를 상실했음을
스스로 인정하는 넋두리가 잔소리이다.

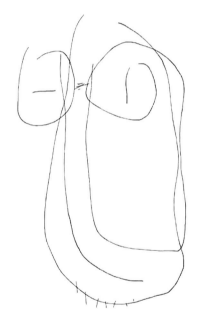

50년 전의 아버지

인생의 동반자인 멘토를 모셔라

인류가 저지른 치명적인 죄는
'멘토의 상실'이다.

멘토가 없는 지금
소중한 모든 것들이
망각과 상실 속에 사라져 가고 있다.

인생의 동반자이며 스승인
멘토가 있는 삶은
그 자체로 행복이자 성공이다.

너는
가까이 하기에 너무 먼 분보다는
늘 가까이서 너를 살펴보실 수 있는 분을
멘토로 모셔라.

청기와와 도자기의 제작법, 전통음식의 맛과 조리법 등, 우리는 참으로 소중한 많은 것들을 잃어가고 있다. 기억상실, 정체성 상실 등등, 우리 인생은 잃어버리고, 망각하는 것 투성이고, 그것들 모두가 하나같이 소중한 것들이다.

그렇다면 인류가 잃어버린 가장 소중한 것들은 무엇일까? 그중 하나는 정신적 멘토일 것이다.

정신적 멘토의 상실은 우리에게 육체적 건강의 상실 이상으로 치명적이다.

멘토 곁을 떠나지 마라

인생은
길이다.

사이비 고수에게 길을 물으면
언제나 그 답이 어렵고 헷갈리지만

널 오랫동안 지켜보아온
영적 멘토(Spiritual Director)에게 길을 물으면
언제나 그 답은 명쾌하고 명료하다.

아들아,
멘토의 곁을
떠나지 마라.

선한 삶을 살고 싶다면

선한 일을 하며
성숙한 삶을 살고 싶다면

"이제부터 좋은 일을 하겠다."는 분들보다는
이미 좋은 일을 하고 있는 분들과 어울려라.

대개의 경우
선한 길을
먼저 출발하여
더 멀리 가신 분들이

더 성숙하고
지혜가 있다.

참스승은 정답을 주지 않는다

참스승은
제자들에게 정답을 주지 않는다.

오히려 수많은 의문을 남겨
제자들이 이를 질문케 하고

이 질문들이
쌓이면
지혜가 된다.

너는
참스승을 만나
늘 질문하며 살아라.

진정한 고수는…

지금은
진정한 고수가
절실한 난세다.

늘 그랬듯이
우리에게 필요한 고수는
'독야청청'하는 사람이 아니다.

그들은
늘 우리와 함께 하며
우리를 섬기는 분들이시다.

아들아, 너는
이런 분들을 존경해라.

04

사랑과 결혼

사랑에 항복해 하나 되는 미학

인생에는 아군과 적군이 함께 한다

사랑과 증오가 함께 가듯이
인생에는 아군과 적군이 함께 한다.

무엇이 사랑이고
무엇이 증오인지
구별할 수 없을 때가
진정한 사랑이듯

누가 아군이고
누가 적군인지
그 구별이 중요해지지 않을 때에야
비로소 참인생이다.

아들아, 너는
누구라도 차별하지 말고
사랑해라.

먼저 너를 사랑해라

남을 사랑할 수 있는 힘은
네 자신을 사랑하는 힘에서 나온다.

자신을 향한 건강한 사랑 없이
타인을 사랑하는 건 폭력이다.

아들아, 너는
먼저 너를
사랑해라.

사랑은 가슴에 남는다

사랑했던 사람의 이름은 머리에 남고
사랑했던 추억은 가슴에 남는다.

사랑했던 사람이 상처를 주는 것이 아니라
미숙한 사랑이 상처를 주는 것이다.

그러나
성숙한 사랑은
상대를 축복하는 것이며
너의 마음을 청결케 한다.

아들아,
네 평생에 성숙을 배우며
네 마음을
청결케 해라.

2015 0619 기억0

50년 전 초등학교 시절 짝사랑 선생님

외롭다는 이유만으로 사랑을 찾지 마라

외롭다는 이유만으로
사랑을 찾지 마라.

네가 외로워서 만난 사람에겐
그 무엇도
기대할 수 없다.

상대도 외로워서 널 만나는 거라면
그것은 삶(live)이 아니라
악(evil)이다.

너는
사랑보다 먼저
'삶' 할 수 있는
성숙함을 가져라.

외로움(loniness)은 텅 빈 마음이 헛된 것으로 가득 채워진 황무지여서, 그 무엇도 생산할 수 없는 죽음의 공간이다. 외로움은 모든 사랑의 씨를 고사시키기 때문이다. 외로움은 사랑하고 싶어 하나 사랑할 수 없는 마음이다.

외롭지 않으려면 대가를 치러야 한다. 결혼이 그 대표적이다. 이 결혼을 '외로움에 기댄 결혼'이라 한다. '외로움에 기댄 결혼'은 상대를 통해 외로움을 해결하려 들기에 상대에게 집착하고, 상대를 우상화하여 결국 관계 파괴에 이른다.

이런 의미에서 외로움은 사랑과 결혼의 독이다. 이 독을 제거하지 않으면 사랑과 결혼, 더 나아가 모든 관계가 고통이 된다.

외로움이란 독을 제거하기 위해 우리는 고독(solitude)해야 한다. 고독은 마음속에 집착과 비탄을 제거하여 마음을 새롭게 한다. 마음이 새롭게 될 때야 우리는 건강하고 생산적인 삶을 살아낼 수 있는 성숙에 이르게 된다.

사랑과 결혼에 앞서 성숙에 이르는 것이 중요하다.

사랑하며 살아라

믿음을 지킨다며
세상을 버리면
믿음을 버리게 되고

정결하게 살려고
죄인을 멀리하면
정결에서 멀어지고

거룩하게 살려고
사람을 떠나면
거룩을 포기하는 것이다.

너는
이 세상 모든 사람들을
사랑하며 살아라.

인생이다

나도 모르는 내가
너도 모르는 너를
사랑하고 미워하다
외면하며 살아간다면

너도 모르는 네가
나도 모르는 나를
사랑하고 미워하다
외면하며 살아가는 것도
당연하다.

인생이다.

아들아, 너는
따지지 말고
품고, 사랑하며
살아라.

행복은 사랑에 투항한 거다

불행하지 않아서
행복한 것이 아니다.

사랑하니깐
행복한 거다.

행복은
사랑에 투항한 거다.

아들아, 너는
사랑하므로
행복해라.

사랑은

서로에게 항복하려고 발버둥치는 것이다.

2014 12 10
기대0

속물에게 속지 마라

관심 없는 이들 앞에서는
교양 없음과 미성숙한 태도가
몸에 밴 듯 자연스런 이가

네 앞에서만
교양 있고 성숙한 태도를 취한다면

그 짓이
얼마나 오래 가겠니.

아들아, 너는
이런 여인에게
속지 마라.

속물이다.

"겉은 아름다워도 속은 썩은 사람들이 더러 있지."

−세익스피어

지혜의 여인을 아내로…

지혜로운 여인을 얻는 데는
지혜가 필요하고

이 여인을 평생 붙들기 위해서는
생명이 필요하다.

그리고
아내의 잔소리 덕에
"결혼한 남자가 혼자 사는 남자보다
더 건강하고 오래 산다."는
이야길 꼭 해주고 싶구나.

독일 루르 대학교 연구팀이 결혼생활이 신체에 어떤 이로운 점이 있는지에 대해 연구했는데, 조사 결과. "결혼한 남자는 혼자 사는 남자보다 건강을 위해 1주일에 한 번씩 달리기를 하는 경우가 20%나 더 많았다."고 한다.

그런데 결혼한 남자가 건강관리에 더 신경을 쓰는 이유는 아내가 옆에서 계속 잔소리를 하기 때문이었다는 것이다. 반면 혼자 사는 남자는 잔소리를 하는 사람이 없어 건강관리에 소홀했다고 한다.

이에 따라 연구팀은 "결혼한 남성이 미혼인 남성보다 배우자의 보살핌이 있기 때문에 더 건강할 뿐 아니라 오래 살 수 있는 것"으로 분석했다.

- SBS 뉴스, 2011년 1월 28일

네 영혼을 정결케 하는 사람과 결혼해라

너는
외양만 꾸미는
천박한 멋쟁이를 피해라.

일상에서 자연스레 발산되는
지성과 예의가 있는
이들을 보면
평생의 친구로 교제해라.

그리고
네 영혼을 정결케 하는 여인을 만나면

아들아, 너는
무조건
그 여인과
결혼해라.

선한 가문을 만들어…

멋쟁이는
한나절이면 만들어지지만

신사와 숙녀는
선한 가문에서
3대가 지나야 나온다.

네가 널 다듬어선
신사가 될 수 없단 말이다.

먼저 너는
지혜로운 아내를 만나
선한 가문을 만들어

네 후손들이
신사와 숙녀가 되도록 해라.

미남도 많고 멋쟁이도 많지만, 신사는 찾기 힘들다. 미남은 그렇게 생겨나거나 성형수술을 받으면 가능하고, 멋쟁이는 돈을 들여 꾸미면 된다.

그렇지만 신사는 그런 식으로 짧은 시간에 양육되지 않는다. 신사로 태어날 수도 없고, 그저 돈을 들인다고 신사가 되는 것도 아니다. 신사는 건강한 가문에서 몇 대를 거친 총제적인 양육의 결과이다.

영국 속담에 신사를 만드는데 3대가 걸린다고 한다. 그러나 요즘 같은 포스트모던 시대에는 그보다 더 많은 시간을 들여야 신사가 만들어진다.

눈이 아닌 귀로 배우자를 선택하라

남자는 모두 도둑이라고 생각하는 여자는
평생 그 도둑들에게서 벗어날 수 없다.

지혜로운 여인은
도둑을
신사로 만든다.

지혜의 여인은
눈이 아닌
귀로 찾아야 한다.

너는
아내를 선택할 때
눈이 아닌
귀로 찾아라.

지혜의 여인과 결혼해라

꽃처럼
아름다운 여인은
꽃처럼 시든다.

그러나
지혜가 아름다운 여인은
영원히 시들지 않는다.

아들아, 너는
이런 여인을 만
결혼해라.

너 또한 영원히
시들지 않을 것이다.

결혼은 헌신이다

데이트가
만날 때 행복한
것이라면

연애는
상대로 인해
행복한 것이고

결혼은
어떤 상황에서도
서로에게 행복한 환경을
만들어주는 헌신이다.

외모보다는 인생을 가꾸는 여인과 결혼해라

인생은
정글을 정원으로
바꾸는 삶이고

삶은
외모가 아닌
인생을 가꾸는 미학이다.

아름답고 풍요로운
정원을 바란다면

아들아, 너는
외모보다는 인생을
먼저 가꾸는 여인과
결혼해라.

결혼은 함께 가정을 세워가는 것이다

인생을 너 편하게 살려면
네 마음에 쏙 드는
여인이면 되겠지만

인생에서 흔하게 찾아오는
온갖 어려움과 위기를 이겨내고
가정을 굳건하게 세워가려면
지혜로운 동반자가 필요하다.

아들아.
결혼은
아내라는 동반자와 함께
가정을 세워가는 것이다.

너는 늘 연애의 초보이기를 바란다

연애 하수는
연애를 망치고

연애 고수는
인생을 망친다.

뭘 모르고 하는 연애가
가장 짠하고 설렌다.

너는
늘 연애의 초보이기를 바란다.

그래야
네 젊음이
더 아름답다.

도전하는 용기

모두가 동쪽으로 갈 때
서쪽으로 가는 미학

최고의 용기

너를 가로막고 있는 건 '출발'이다.
출발할 용기가 없다면
삶의 자격도 없다.

인생에 있어서 최고의 용기는
'지혜로 사는 용기'이고

저지름의 가장 위대한 보상은
더 많이 저지를 수 있는 기회이다.

너는
실패를 두려워 말고
저질러라.
나의 아들아

인생의 첫걸음을 시도하는 아이에게 가장 필요한 것은 용기다. 체력과 지력이 이미 충분해도 용기가 없으면 단 한걸음도 내디딜 수 없다.

첫사랑의 고백에서도 가장 필요한 것은 용기이며, 용기 있는 자가 미인을 차지한다.

새로운 일 또는 사업에 도전할 때 가장 필요한 것 역시 용기이다.

용기가 부족하면 자신을 합리화 시킬 변명거리를 찾게 된다.

그러니 인생에서 용기만큼 소중한 것이 또 있을까?

길 없는 길을 택해 너만의 길을 가라

남이 간 길은 가지 말고
끝이 없는 길이라면 시작도 마라.

너는
길 없는 길을 택해서
너만의 길을 가라.

그래서 네 발자국을 남겨라.

모두가 경쟁하며 동쪽으로 떠날 때
콜럼버스는 서쪽으로 갔다.

서둘지 말고
너만의
길을 가라.

다른 길이 없다고 생각하며 길을 가는 자들은 자신들이 세상에 하나뿐인 길을 가고 있다고 생각한다. 그러나 개척자들에게 그 길은 또 다른 길을 위한 또 하나의 길일 뿐이다.

아들아 너는 어떤 경우라도 하나의 성공에 만족하지 마라. 그 성공은 또 다른 성공으로 가기 위한 길일 뿐이다.

길이 있을 거라고 생각되는 곳으로 가지 말라. 대신 길이 없는 곳으로 가라. 그리고 자취를 남겨라. – 랄프 왈도 에머슨

일단 저질러라

마음이 약해서 저지르지 못하지만
지혜가 없어서 못 저지르기도 한다.

마음이 약해 저지르지 못하면
후회가 남고

지혜가 없어서 못 저지르면
좌절감이 널 지배한다.

너는
실패를 두려워 말고
일단 저질러라.

바보 or 상인

시장에 바보들이 넘쳐날수록
상인들의 지갑은 두둑해 진다.

아들아, 너는
인생이라는 시장에서

바보와
상인 중

누구로
살아갈 것이냐?

안전빵을 거부하라

세상에서 가장 해로운 빵은
'안전빵'이다.

이 빵은
네 영혼을 부패시킨다.

네 영혼이 썩으면
네 도전정신과 창의력이 고갈되어

너는 평생
거지근성에서 벗어날 수 없다.

아들아,
맛없는 풀빵을 먹어도 좋으니
안전빵은 무조건 거부해라.

지상 최대의 불행은 안전빵을 먹으려는 발버둥이다. 그것은 겉으로 맛있어 보이나 속엔 독이 든 빵을 먹는 것과 같다. 그 독은 틀에 박힌 일이 가져다주는 일상의 무의미함이며, 그 결과는 영혼의 부패이다.

저지를 수 있는 자신감과 그 결과로써의 성취감이 우리를 건강하게 한다는 말은, 크든 작든 우리가 늘 저지를 수 있는 위치(리더)에 있어야 한다는 것이다.

야성의 길을 가라

이성적인 사람은
자신을 세상에 맞추지만

야성적인 사람은
세상을 자기에게 맞춘다.

인류의 모든 발견은
야성적인 사람이 이루었다.

아들아, 너는
야성의 길을 가라.

야성은 끝없이 도전하지만 무모하지 않다. 그것은 영원한 목적을 달성코자 하는 역동적인 지성이며 전략적인 모험이다.

야성은 디지털의 치밀함과 섬세함에 아날로그의 모험심과 낭만을 함께 지니고 있다. 그러므로 야성은 황당하리만큼 위험을 무릅쓰고 달려가, 자신이 얼마나 멀리 갈 수 있는지를 깨닫는다. 그렇게 자신을 확인한 야성은 이제는 그보다 더 멀리 갈 것을 꿈꾸며 실행에 옮긴다.

진정한 야성은 우리 안의 신실함을 되찾아 어두운 세상에 그것의 밝은 빛을 비추는 것이다. 그러므로 참된 야성은 자신의 몸을 불살라 어두운 곳에 빛으로 다가가는 삶이며, 죄악의 세상에서 소금으로 녹아 부패를 막는 삶인 것이다.

이것이 야성의 진면목이다.

담대히 불가능을 시작하라

네가 이 땅에 사는 이유는
불가능한 꿈을 꾸기 위해서가 아니라
불가능한 삶을 살기 위해서다.

너는
이 불가능한 삶을 살아낼 수 있는
지각과 재능을 가지고 태어났으니

아들아, 너는
믿음으로 담대히
불가능을 시작하라.

죽을 만큼
도전하란 말이다.

"할 수 있거든이 무슨 말이냐?"

네가 직면하는 모든 문제를
네 가능성이 아닌
네 믿음으로 해결해낼 수 있다면

그 모든 문제는
너의 자산으로 될 것이다.

"할 수 있거든이 무슨 말이냐?
믿는 자들에게는 능치 못함이 없느니라."*

* Bible

하고픈 일을 네 식으로 누려라

해야만 할 일을
스스로 정하는 이가 있고
남이 정해주는 이가 있으며

독창적으로 하는 이도 있고
틀에 박힌 방식으로 하는 이도 있다.

물론
그 일을 누리는 사람이 있고
그 일에 눌리는 사람이 있다.

너는
네가 하고픈 일을
네 식으로 누리며
살아라.

인생을 창조적으로 살아가는 사람이 있는 반면, 경쟁적으로 살아가는 사람도 있다. 창조가 0을 1로, 즉 무에서 유를 만드는 것이라면, 경쟁은 1에서부터 무한대로의 질주이다.

2012년 올림픽에서 한국 체조사상 최초로 금메달을 딴 약관 20세의 양학선은 자신이 만든 '양 1'이란 독보적인 기술로 '도마의 신'이란 칭호를 얻었다. 도마 역사상 존재하지 않았던 독보적인 기술을 스스로 만들어 내고, 그 기술을 직접 올림픽에서 보여주었기 때문이다.

누가 뭐라고 해도 양학선의 승리는 0에서 1을 만들어 낸 창조력의 결과이지, 동일한 기술로 경쟁력을 확보하여 얻은 결과가 아니다.

이렇게 창조력은 삶의 어떤 영역에서도 탁월함을 보장한다.

너는 고립이 아니라 분리된 존재다

너는 세상과 분리된 존재이지
세상에서 고립된 존재가 아니다.

먼저 네 시각을 넓혀라.
그리고 네 야성을 죽이는
모든 요새화된 시스템들을 탈출하여
세상과 소통해라.

그래서 너는
세상을 밝히는 빛이
되어야 한다.

훈수꾼으로 만족하지 마라

훈수꾼들이
훈수에 열을 올리며
분위기를 장악한다 해도

바로 이들이
바둑판에서 가장 무능하다.

너는
이런 훈수꾼들과 어울리지 말고

네 인생의
바둑판을 장악해라.

시작과 동시에 새로운 길을 모색해라

끝까지 가면 끝(亡)이고
그 전에 새로운 방법을 찾아내면
실패는 없다.

너는
시작과 동시에 새로운 길을 모색해라.

이는
'삶의 지혜'이자
성공의 열쇠다.

잘못을 밝히는 것은 축복이다

잘못을 밝힐 수 있는 능력은
살아있는 자만의 축복이다.*

잘못은 암과 같아서
덮고 감출수록
번지고 퍼져
모두를 죽인다.

우리는 빛을 밝게 비추어
개인과 국가의 모든 잘못을
밝혀내야만 한다.

아들아, 너는
이 축복을 포기해선 안 된다.

* '유대인은 어떻게 미국을 움직이는가?' (KBS 1방송)

06

돈

도(道)와 독(毒)이 연애하는 미학

돈타령은 성공에서 멀어지게 한다

돈 없어서
좋은 일을 못한다고
불평하지 마라.

돈으로 될 일은
이미 남들이 다했다.

그리고 이들은
돈타령하는 너를 멀리할 것이다.

돈타령을 하면 할수록
성공에서 더욱 멀어진다.

너는
돈타령을 하지마라.

돈은 그 자체로는 선도 아니고 악도 아니며, 다만 삶의 편리한 수단일 뿐이다. 그러나 사람이 돈에 집착하는 순간, 돈에는 영적 힘이 고착된다. 이 현상이 바로 아멘(Amen)의 아람어 동의어인 맘몬(Mammon)이다.

대개의 사람들은 맘몬의 권세에서 벗어나기 못하고 결국은 돈을 우상으로 여기게 된다.

가장 흔하고 악한 우상이 돈, 섹스(관계), 권력의 세 가지인데, 이 중에서 누구라도 가장 쉽게 넘어가는 것이 돈으로, 이 돈이라는 우상은 세 가지 악들 중에서도 최악의 것이다.

이 세상 모든 관계의 불행과 비극, 부정과 부패 뒤엔 반드시 돈이라는 악마의 어두운 그림자가 짙게 드리워져 있다.

돈은 머리에 가지고 있어라

푼돈은
노동으로 벌지만
큰돈은
돈의 시스템을 아는 이가 번다.

그래서 부자는
돈을 머리에 넣고 있다.

너는
이런 부자를
함부로 비판하지 말고
돈을
마음이 아닌
머리에 가지고 있다가

손으로
거두어라.

마음은 우리의 에너지를 발산하는 곳이다. 마음이 여러 가지로 분산되어 있으면 에너지도 그에 따라 분산된다. 이런 식으로 마음이 나뉘어져 에너지를 지혜롭게 분산시키지 못하는 상태를 염려라고 한다.

우리 마음을 지배하는 난공불락의 실체는 돈이다. 마음이 돈에 가 있으면, 이 돈을 어쩌기 위해 우리의 모든 에너지가 돈에게 집중된다.

우둔한 자는 자신의 마음을 지배하는 돈이 자신의 신이 되는 것을 전혀 거부하지 않는다. 이 우둔한 자의 가장 큰 불행은, 자신이 하나님을 어쩌고자 발버둥치는 사이에 정작 자신은 맘몬에 노예가 되어 망조의 끝에서 악을 쓰며 죽어가고 있는 것이다.

그러나 지혜자는 돈이 자신을 통제하지 못하도록 한다. 이는 지혜자들이 돈을 마음에 두지 않고 머리에 두는 까닭이다.

❖   ❖   ❖

지혜로운 사람은 돈을 마음이 아니라 머리에 가지고 있어야 한다. – 조나단 스위프트

씀씀이가 헤프다는 건…

조금 있는 돈과 조금 아는 알량한 지식,
조금 더 다듬은 자신의 미모를 자랑하는 이들은
씀씀이가 헤프다.

씀씀이가 헤프다는 것은
삶의 규모를 잃었다는 것이고
삶의 규모를 잃었다는 것은
제 영혼이 악에게 휘둘리고 있다는 증거다.

아들아, 너는
헤픈 짓을
자랑하지 마라.

씀씀이가 헤프면 늘 가난하다. 이는 진정한 부자들이 돈을 규모 있게 쓰는 것과 대비된다.

고가의 가구나 가전제품, 명품 시계나 가방, 명품 옷과 고급 자동차 등을 사거나 호화로운 휴가를 떠나면 지금 당장은 만족할 순 있겠지만, 그래서는 결코 가난을 면할 수 없다.

돈은 언제나 규모 있게 사용해야 한다.

가난에 이르게 한 태도가 죄다

모으지 않았기 때문에
필요할 때 쓸 돈이 없다면
돈이 없는 게 아니라
가난한 것이다.

이는
죄다.

가난이 죄가 아니라
가난에 이르게 한 그 태도가
죄라는 것이다.

아들아, 너는
이러지 마라.

사람의 관심과 에너지를 가장 많이 집중시키는 것이 돈이다. 돈에 집착하는 것도, 돈에는 전혀 관심이 없는 듯 보이는 것도, 그 근원은 돈을 소유하려는 나름의 최상의 전략인 경우가 대부분이다.

이런 이유로 돈에 대한 태도가 곧 사람의 인격과 품성, 심지어는 신앙심까지도 그대로 드러낸다. 돈에 대해 신뢰할 수 없는 사람에게서 선한 인격과 바른 품성, 더 나아가 성숙한 신앙을 기대할 수는 없다.

가장 가난한 사람은 돈밖에 없는 사람이다

돈이 만사라며
돈 버는 데 미친 세상이다.

그러나 가장 가난한 사람은
돈밖에 없어
인생의 풍요함을 누리지 못한다.*

너는
평생에 공부하는 자세와
풍부한 지적 소양능력을 키워
이웃을 잘 섬기는 데 사용하는
습관을 들이도록 해라.

이는
네 삶을 풍요롭게 할 것이다.

* 죠셉 케네디가 아들인 존 F 케네디에게 보낸 편지 중에서

아들아, 네 지인들 중에 옷차림과 자동차, 집 등에서 재력만 드러나는 이들이 더 많더냐, 아니면 삶의 철학과 스타일, 그리고 교양과 예의가 드러나는 이들이 더 많더냐.
후자의 경우라면 너는 분명 성공한 삶을 살고 있는 것이다.

가장 잘 할 수 있는 일로 돈을 벌어라

세상은
네게 하고픈 일로
돈을 벌어 살라 하지만
이는 모두 근거 없는
신화일 뿐이다.

그러면
돈을 못 벌어
삶이 피곤하다.

네가
가장 잘 할 수 있는 일로 돈을 벌어야
선한 일도 하고
하고픈 일도 할 수 있다.

아들아, 너는
이 세상 신화를
본받지 마라.

논리(論理)를 넘어서는 쩐리(錢理)

21세기에 네게 필요한 건
논리를 넘어서는 쩐리다.

모든 논리와 전략과 전술
그리고 에너지가 총집중되는 곳이
돈이 머무는 곳이고
이곳의 錢투에서 바르게 이겨야만
이 세상을 변화시킬 수 있다.

아들아, 너는
쩐의 전쟁을 경시하거나
회피하지 마라.

돈의 입질

누가 네게 시비를 걸어 올 때
피하면 본전이고
져주면 이익이다.

그러나
돈이 네게 시비를 걸면
입질이 온 것이다

놓치지 말고
잡아라.

돈은
제 주인이 될 사람 근처에서
서성거린다.

돈독

독 중에
가장 치명적인 게
돈독이다.

돈독이 오른 얼굴엔 살기가 돌고
돈 칠을 한 얼굴은 썩어버린다.

아들아, 너는
돈을 많이 벌되
돈독이 오르지 않을 만큼만 벌어라.

돈에 집착하면 돈에 대한 의존성이 깊어져 결국 돈을 우상화한다. 이렇게 되면 사람은 돈에 무기력해 지고 그 마음은 허(虛)해진다. 허해진 마음은 돈에 지배당하게 된다. 돈으로 제 마음을 가득 채우겠다는 허망한 마음에 윤리, 도덕, 생의 외경, 이웃 사랑, 믿음과 같은 형이상학적 가치들이 들어설 자리가 없다. 돈에 대한 집착은 결국 인간을 돈독에 살기가 도는 쩐맹수(money beast)로 만들 뿐이다.

가족의 폭력배이자 가정파괴자

"열 사람이 한 도둑 못 잡는다."고
씀씀이 헤픈 하나를
온 가족이 감당하지 못한다.

단지 자기만족을 위해
돈이 헤픈 이는
가족의 폭력배이자
가정파괴자이다.

너는
이런 사람이 되어선 안 되고
이런 사람을
배우자로 맞아서도 안 된다.

수입이 없거나 모자라서라기보다는 과도한 소비 때문에 망하는 세상이다. 과시욕과 병적인 소비성은 결국 과도한 빚을 지게 만든다.

그러나 그렇게 빚을 지고서라고 자신의 과시와 소비욕구를 채우는 것을 당연한 것으로 여기는 것이 오늘날의 풍조이며, 그리하여 인류의 80%가 빚으로 인한 스트레스에 시달리고 있다고 한다.

빚은 결국 우리의 창의력을 말살한다. 때문에 빚에 쪼들리면 잔꾀와 못된 생각으로 타인을 수단화하거나, 그 생명을 경시하게 된다.

해결의 관건은 빚을 빨리 청산하는 것인데, 이를 위해서는 무조건 소비를 줄여야 한다. 이는 정말 궁핍한 삶을 자처해야만 가능한 일이다.

네 돈은 '너와 이웃을 보호하는 힘'이다

칼 자랑과 돈 자랑의
종말은
패망이다.

칼은 칼집 속에
돈은 주머니 속에 있을 때가
가장 힘이 있다.

너는
네 주머니 속의 돈이
너와 이웃을
보호하는 힘인 것을
명심해라.

바른 믿음이나 바른 돈벌이나 똑같은 거다

돈 때문에 믿음을 버리는 거나
믿음 때문에 돈을 포기하는 거나
거기서 거기다.

잘못 믿는 게 문제이듯
돈에 무지한 게 문제일 뿐

바른 믿음이나
바른 돈벌이나
똑같은 거다.

아들아, 너는
이를 네 맘에 깊이
새겨두어라.

돈이 널 따라올 것이다

삶이란
돈으로만 감당하기엔 턱없이 부족하다.

그렇다고 너는
돈을 벌려는 집착으로
세월을 낭비하지 마라.

돈처럼 자기 주인을 잘 바꾸는 것도 없지만
돈처럼 자기 주인을 잘 찾아가는 것도 없다.

낭비하지 말고
가치 있게 쓰면

돈이
널 따라올 것이다.

사람들이 자신들이 꿈꾸던 대로 부자가 되고, 유명해지고, 갖고 싶던 것들을 다 갖게 되기를 바랍니다. 그래야만 자신들이 찾던 해답이 그게 아니라는 걸 알게 될 테니까요. — 짐 케리

머리는 늘 배신을 때린다

똑똑한 네 머리를 믿지 마라.
머리는 늘
배신을 때린다.

돈도 믿지 마라.
돈처럼
제 주인을 자주 바꾸는 것도 없다.

네 머리와 돈을 신뢰할수록
그만큼 실패하게 된다.

네 평생에
이를 명심해라.

인간이 제정신을 잃을 때 천국은 의미를 얻는다. 필멸의
이성을 모두 등질 때 인간은 마침내 천상의 사고에 다다
른다. − 허먼 멜빌

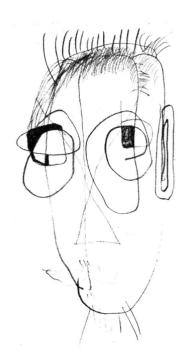

부자의 행복

가난이
30억 명 이상을
비참하게 만들고 있는데

가난한 이들을 이용하여
부자가 되는 이들도 있다.

진정한 부자는
가난한 사람을 책임지는 자다.

너는
정직하게 부자가 되어
가능한 많은 사람들이
가난에서 벗어나도록
공격적으로 도와라.

이는 부자가 누릴 수 있는
최고의 행복이다.

누가 부자입니까? 돈이 많은 사람을 부자라고 합니까?
많은 사람을 책임질 수 있는 사람이 부자입니다. 부자는 다른
사람이 부자가 될 수 있도록 돕는 사람입니다. 자신이 부자 되
기 위해 다른 사람을 망하게 하는 것은 죄에 해당합니다.

– 안정삼(BMA 대표)

07

일과 성공

고품격의 평범함을 드러내는 미학

네 삶(being)과 대화해라

해야만 할 일은 너무 많은데
그 일들이 손에 안 잡히면

네 삶과
대화해라.

그러지
않으면

네가
일에 사로잡혀
그 노예가 된다.

너는 유유자적한 대어로 살아라

별로 중요하지 않은 이유로 늘 바쁜 이는
물가의 잔챙이들처럼
쉽게 눈에 띈다.

그러나
진정 중요한 이유로 바쁜 사람은
깊은 곳에 노니는 대어처럼
쉽게 눈에 보이지 않는다.

아들아, 너는
휘둘리는 잔챙이가 되지 말고
유유자적하는
대어로 살아라.

위기만 모면하려는 미봉책은 화근이 된다

어려움이 생길 때면
직면하지 못하고
쉽게 해결하려 든다.

잘못된 것은 아니지만
단지 위기만 모면하려는
이런 미봉책은 화근이 된다.

아들아, 너는
가장 편한 해결책 뒤에
가장 큰 위험이 숨어 있다는 걸
명심해라.

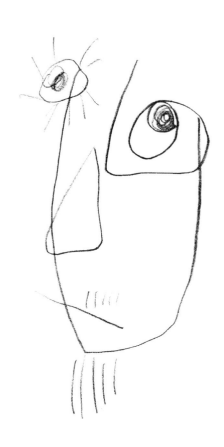

네 인생의 날개를 펼치고 싶다면…

질문하는 태도로 사는 이가 있고
답하는 태도로 사는 이가 있다.

질문은 창의력을 키워주고
답은 타성을 강화시킨다.

네 인생의 날개를
펼치고 싶다면

아들아, 너는
끊임없이 질문해라.

질문만큼 소중한 것은 없다.

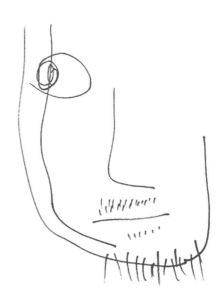

질문은 새로운 세계를 여는 문을
노크하는 것이다.

스펙보단 스콥

화려한 개인기(스펙, spec)는
돈으로 통제당할 때만 빛을 발하지만

유연한 창의력은
통제당하거나
경쟁하지 않을 때
더욱 빛을 발한다.

아들아, 너는
스펙을 쌓지 말고
유연한 스콥(scope)을 길러라.

미국 대학 졸업생의 학자금 대출 금액이 9,860억 달러(한화 약 110조 원)로, 중국의 외채 총액인 7,107억 달러보다 2,760억 달러나 많다고 한다.

또한 〈월 스트리트 저널〉에 의하면 2013년 대졸자의 평균 빚은 3만 달러로 역사상 최고 액수인데, 그나마 다행인 것은 2014년 졸업예정자에 비해 적은 금액이라는 것이다.

그러나 이렇게 많은 빚을 지고 졸업을 해보았자 그들은 결국 언제 잘릴지 모르는 남의 텃밭에 들어갈 수밖에 없다. 그럼에도 그들은 이런 직장이나마 들어가기 위해 동료 학생들을 적으로 삼고, 혼자만 살아남기 위해 온갖 법석을 떤다.

그나마 이제까지 그런대로 먹고살면서 조금이나마 품격을 누리게 만들어 주었던 그 모든 직업들은 곧 사라질 것이다. 미래는 창의력의 시대이며, 공동체적 조화와 협력의 시대가 될 것이기 때문이다.

그러므로 학생들은 더 이상 그런 일자리를 위해 스펙에 목을 매며 공부하는 일이 없기를 바란다. 이제는 아무도 가본 적 없는 새로운 길을 찾아 도전하는 야성과 분별력, 유연한 스콥(scope)이 필요한 시대다.

해야만 할 일과 하고픈 일

해야만 할 일 중에서
하고픈 일이 없다면
불행이고

하고픈 일들이
해서는 안 되는 일이라면
저주이며

해서도 안 되고
원치도 않은 일을 해야만 한다면
이는 죽음이다.

너는
해야만 할 일과 하고픈 일이
서로 같은 것을 찾아 헌신해라.

그러면
행복한 성공이
뒤따를 것이다.

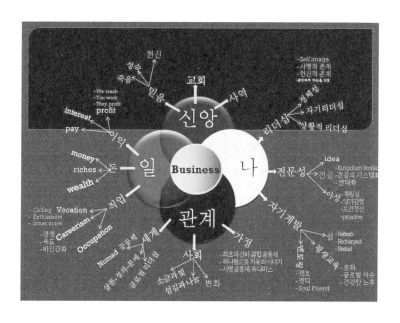

실패의 눈물로 성공의 꽃을 피워라

성공을 지향하지만 실패하고
또한 그렇게 늘 실패의 위험에 노출되는 것이
인생이다.

그러나 실패의 끝이 성공이고
'성공은 실패의 눈물로 자란 꽃의 향기'라 했다.

실패했다고 다 실패자가 아니다.
실패에 눌린 자만이 실패자이다.

너는
두려워 말고
실패의 눈물로
성공의 꽃을 피워라.

진정한 의미에서 '성공으로 끝난 성공은 없다'고 한다.

대부분 우리의 시선은 그 많은 성공신화의 주인공들의 정점에 머물러 있었지, 그 정점에서 그들이 어떻게 사라져 갔는지에 대해서는 관심이 없다. 그러므로 사람들은 성공이 늘 그 자리에 머물러 있는 것으로 착각하고 있을 뿐, 그 성공이 어떻게 역사 속으로 사라졌는지 아무도 알지 못한다.

그러나 사실 따지고 보면 그렇게 한 시대의 성공이 실패로 끝나야 다음 시대의 성공이 그 자리를 차지하는 것이 아니겠는가.

그런 의미에서 모든 성공은 '성공한 성공'이 아니라 '실패한 성공'이라고도 할 수 있다.

성공은 미지의 세계에 숨어있다

성공은
미지의 세계에 숨어있다.

자신감을 가지고
미지의 세계로
뛰어들어라.

지금은 비록
가진 것 없고 시련도 많지만
모든 바람을 온몸으로 맞으며 춤추는 야자수처럼

너는
거친 미지의 세계를 즐겨라.

위대한 축복과 행복이
네게 달라붙을 것이다.

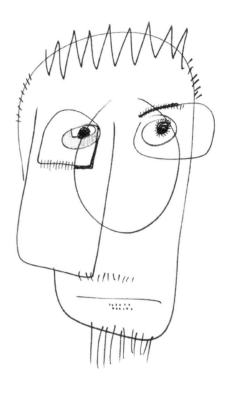

경쟁보다는 섬김으로

경쟁심이 있어야 성공한다지만
결코 그렇지 않다.

경쟁심은
네 창의력을 빼앗아
너를 일하는 기계로
전락시킨다.

보상은 경쟁력과 생산력을 높인다고 하지만,
웃기지 마라.

이런 보상은
네 소명감을 빼앗아
너를 부품으로
전락시킨다.

너는
경쟁보다는 섬김을,
대가보다는 가치를 우선해라.

쥐들 간의 경쟁에서 일등을 하더라도, 그 쥐는 늘 고양이를 피해야 하는 한 마리의 쥐일 뿐이다.

그러나 만물의 영장인 인간은 경쟁하지 않고 섬기는 존재이며, 그것은 오직 인간만의 의무와 특권이다.

다른 사람들이 원하는 것을 얻을 수 있도록 먼저 돕는다면, 그들도 당신의 원하는 것을 얻게 해줄 것이다. ― 존 맥스웰

남의 일과 성취감을 갈취하지 마라

남이 잘하는 일을 가로채서
망쳐놓는 이들이 있고

자신이 안 해도 될 일에서
성취감을 즐기는 이들이 있다.

이는
남의 일과
그 성취감을
갈취하는 짓이다.

아들아, 너는
너만이 해낼 수 있는
일에 헌신해라.

이는
참사랑의 실천이다.

일은 일하는 자의 영혼을 드러낸다.   ─ 데니스 피콕

성공엔 공식이 없다

성공 공식들이 난무하는 세상이다.

그러나
이는 그저 공식(空式)일뿐
성공엔 공식(公式)이 없다.

미지를 향해 끈기 있게
도전하는 자에게만
성공의 기회가
주어질 뿐이다.

아들아, 너는
끝없이 도전하고
또 도전해라.

성공 공식(公式)은 공식(空式)이다. 모든 성공에는 반복 가능한 공식이 존재하지 않는다.

성공 공식을 운운하는 자들은 성공을 경험한 자들이 아니라 존재하는 성공을 연구하는 자들이며, 주로 운으로 성공한 이들이 성공에 대해 아는 체 한다.

가장 가능성 있는 성공 공식은 끝없는 끈기와 인내로 저지르는 것이다.

그러므로 성공엔 공식이 있을 수 없다.

진정한 전문가는…

전문가들이 판치는 세상에서는
참 전문가를 구별하는 눈이 필요하다.

진정한 전문가는
잘하려는 의욕이 앞서
실리를 못 챙기는 짓은
절대 하지 않는다.

넌
이게 무슨 말인지 알겠니?

실패와 성공

실패를 당해
자포자기하는 이들이 있는 반면

실패를 통해
더 많은 위험을 이겨낼
새로운 힘을 얻는 이들도 있다.

너는
실패를 두려워 마라.

실패는 성공으로 가는 과정이며
네가 다음에 할 일을 잘 분별케 한다.

성공은
계속되는 실패와
그 위험을
이겨낸 결과이다.

실기(失機)는 파장이다

실수는
병가지상사고

실패는
성공의 디딤돌이라면

실기(missing opportunity)는
파장(罷場)이다.

아들아, 너는
기회를 놓치지 마라.

난장(亂場)일 수는 있으나

절대 파장(罷場)이어서는 안 되는 게

인생이라는 전장(戰場)이다.

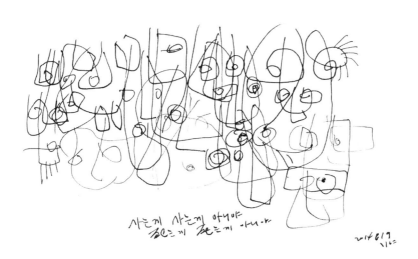

선점은 성공을 보장한다

"남의 뒤를 따르는 자는 결코 성공할 수 없다." *
어떤 경우에도
성공을 보장하는 것이 있다면

어디를 가든
무엇을 하든
그것을 선점하는 것이다.

너는
그 기회를 찾아
선점해라.

* 루치아노 베네통

어느 영역에서든 선점하는 자가 전체의 80%를 차지하고, 그 나머지만 후발주자들에게 돌아간다.

선점하는 자에게 필요한 것이 아이디어와 리더십과 야성이라면, 후발주자들에게 필요한 것은 스펙과 관리 능력과 타성일 뿐이다.

정상(頂上)으로 가는 정도(正道)

시간가는 줄 모르고
또 건강을 해치는 줄도 모르고
일에 집중하는 이들이 있다.

그러나 너는
훈수를 두듯 냉정하게
네 일에 몰입해라.

이게 정상(正常)이자
네 영역에서 정상(頂上)으로 가는
정도(正道)이다.

좌절은 인생의 암이다

죽도록 사랑해도
죽지 않듯이
죽도록 실패해도
죽지 않는 게
인생이다.

실패를 즐기는 인생이 있고
실패로 좌절하는 인생이 있다.

아들아, 너는
계속 실패하더라도
좌절하지 마라.

실패는
성공의 디딤돌이지만
좌절은
인생의 암인 까닭이다.

한 우물만 파면 그 우물에 빠져죽는다

대체로 한 우물만 파는 사람은
그 우물에 빠져죽는다.

자기만의 성공 공식을 고집하는 사업가와
자기만의 전문성을 과신하는 전문가들은
결국 회생불능에 처하게 된다.

자신의 패러다임을 과신하여
대안을 거부한 결과이다.

아들아, 너는
이렇게 한 우물만 파는
우를 범하지 마라.

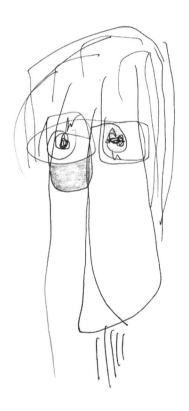

2015 10 22

너는 어쩔래?

현명한 사람은
어리석은 사람이
가장 나중에 하는 일을
가장 먼저 한다.*

그런데
이 바보 같은 짓이
성공과 행복을 가져다준다.

너는
어쩔래?

* 유대 속담

행복은 누구나 누리고자 하는 삶의 목표이다.

행복하기 위해 사람들은 돈을 벌지만, 돈이 행복해 지는데 끼치는 영향은 실로 미비하다. 돈으로 행복을 살 수는 없기 때문이다.

우리를 행복하게 해주는 것은 역시 성숙한 인간관계다.

영국의 일간지 〈텔레그라프〉는 2011년 4월 12일자 기사에서 '삶의 만족도를 높이고 사람들의 행복을 향상시키기 위한 10가지 행동지침'을 소개했다. 그중에 첫 번째는 이웃에게 베푸는 것이고, 두 번째는 사람들과의 관계를 중시하라는 것이다.

분명 행복은 인간관계 속에 또아리를 틀고 있다. 건강한 인간관계야 말로 삶의 질을 높이는 가장 소중한 무형의 자산인 것이다.

촌스런 허벌레로 살아라

일벌레가 불쌍하다면
돈벌레는 비참하고
책벌레는 가소롭다.

나는 인생의 참행복을 위해
허벌레로 살아왔다.

허벌레는
촌터 그 자체이지만
삶을 운영하는 유연함이 최고이며
삶을 치유해 내는
그 힘이 놀랍다.

아들아, 너도
이 촌스러운 느긋함으로
허벌레스레 살아라.

진정한 성공

매사가 너무 잘(efficently) 되는데도
진정한 성취감과 기쁨, 그리고 감격이 없다면
그 일들을 다시
바르게(effectively) * 행해라.

이 시대가 필요로 하는
진정한 성공은

네가
효율적으로 살아온 결과가 아니라
삶을 바르게 살아낸
노력의 열매이다.

* 'effevtively'는 하나님의 원하시는 일을 하나님이 원하시는 방법으로 하는
  것을 말한다.

믿음이 너를 이기게 해라

네가 원하는 삶을 살고자 한다면
지금 해야만 하는 일에 최선을 다해야 한다.

그러나
네가 성공하길 바란다면
믿음이 너를 이기게 해라.

믿음이 너를 이기지 못한다면
너는 세상을 이길 수 없다.

성공은
믿음으로
세상을 이겨내는 과정이다.

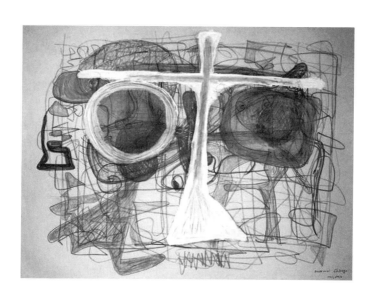

2015. 12. 8. 1판 1쇄 인쇄
2015. 12. 16. 1판 1쇄 발행

저자와의
협의하에
인지생략

지은이 │ Harry Kim
펴낸이 │ 이종춘
펴낸곳 │ BM 주식회사 성안당
주소 │ 04032 서울시 마포구 양화로 127 첨단빌딩 5층(출판기획 R&D 센터)
      │ 10881 경기도 파주시 문발로 112(제작 및 물류)
전화 │ 02) 3142-0036
      │ 031) 950-6300
팩스 │ 031) 955-0510
등록 │ 1973.2.1 제13-12호
출판사 홈페이지 │ www.cyber.co.kr
ISBN │ 978-89-315-7901-7(03810)
정가 │ 13,000원

이 책을 만든 사람들
책임 │ 최옥현
진행 │ 이병일
교정 · 교열 │ 정진용
본문 디자인 │ 하늘창
표지 디자인 │ 박현정
홍보 │ 전지혜
국제부 │ 이선민, 조혜란, 신미성, 김필호
마케팅 │ 구본철, 차정욱, 나진호, 이동후, 강호묵
제작 │ 김유석

www.cyber.co.kr ★★★
성안당 Web 사이트

이 책의 어느 부분도 저작권자나 BM 주식회사 성안당 발행인의 승인 문서 없이 일부 또는 전부를 사진 복사나 디스크 복사 및 기타 정보 재생 시스템을 비롯하여 현재 알려지거나 향후 발명될 어떤 전기적, 기계적 또는 다른 수단을 통해 복사하거나 재생하거나 이용할 수 없음.

※ 잘못된 책은 바꾸어 드립니다.